글누림비서구문학전집

아랍여성 단편소설선

글누림비서구문학전집 3
아랍여성 단편소설선

초판 발행 2012년 4월 16일

엮 은 이 샤뮤엘 시몽
지 은 이 하이파 비타르·사하 토피그·와파 마리흐·조카 알 하르티·라비아 라이하네·나디아 알고기비니·
후자마 하바예브·갈리아 카바니·나지와 빈샤트완·하디야 후세인·라치다 엘 차르니·마리암 알-
사에디·라니아 마문·만수라 에즈-엘딘·르네 하이예크·에브티삼 알 무알라·로와다 알 베루쉬·
라일라 알-오트만·바스마 엘-느소우르·라티파 바카
옮 긴 이 조애리·박종성·강문순·김진옥·유정화·윤교찬·이봉지·최인환·한애경
펴 낸 이 최종숙
펴 낸 곳 글누림출판사

책임편집 이태곤
편   집 임애정 전희성 권분옥 이소희 박선주
디 자 인 이홍주 안혜진
마 케 팅 박태훈 안현진
관   리 이덕성

주   소 서울시 서초구 반포4동 577-25 문창빌딩 2층(137-807)
전   화 02-3409-2055(대표), 2058(영업), 2060(편집)
팩   스 02-3409-2059
전자메일 nurim3888@hanmail.net
홈페이지 www.geulnurim.co.kr
등록번호 제303-2005-000038호(2005.10.5)

정   가 10,000원
ISBN 978-89-6327-189-7 04890
     978-89-6327-098-2(세트)

표지 디자인·디자인밥 출력·알래스카 인쇄·한교원색 제책·동신제책사 용지·에스에이치페이퍼

The Way to Poppy Street And other Short Stories
by 20 Arab Women Writers
Copyright ⓒ 2012 by author
All rights reserved.

Korean Translation Copyright ⓒ 2012 by Geulnurim Publishing Co.

이 책의 한국어판 저작권은 작가들을 대표한 샤뮤엘 시몽과의 계약으로 글누림출판사가 소유합니다.
신저작권법에 의하여 한국 내에서 보호를 받는 저작물이므로 무단 전재 및 무단 복제를 금합니다.

03
글누림비서구문학전집

아랍 여성
단편소설선

샤뮤엘 시몽 엮음

하이파 비타르 | 사하 토피그 | 와파 마리흐 | 조카 알 하르티 | 라비아 라이하네 | 나디아 알코카바니 | 후자마 하바예브 | 갈리아 카바니 | 나지와 빈샤트완 | 하디야 후세인 | 라치다 엘 차르니 | 마리얌 알-사에디 | 라니아 마문 | 만수라 에즈-엘딘 | 르네 하이예크 | 에브티삼 알 무알라 | 로와다 알 베루쉬 | 라일라 알-오트만 | 바스마 엘-느소우르 | 라티파 바카 지음
조애리 | 박종성 | 강문순 | 김진옥 | 유정화 | 윤교찬 | 이봉지 | 최인환 | 한애경 옮김

The Way to Poppy Street And other
Short Stories by 20 Arab
Women Writers

사랑하는 한국 독자들에게

여기에 실린 20편의 단편소설들은 『바니팔』에 실린 단편소설들 중에서 선정한 것이다. 시리아, 이집트, 모로코, 오만, 이라크, 리비아, 팔레스타인, 튀니지, 아랍에미리트, 수단, 레바논, 요르단, 쿠웨이트, 예멘 등 14개국의 작가들의 단편을 싣고 있다.

여성작가들의 단편을 선정할 때 주제와 문체가 독창적이며 대담한 작품, 금기에 도전하는 작품, 표현의 자유를 최우선시하는 작품 등 문학 전체에 신기원을 여는데 기여한 작품을 우선적으로 선정했다. 이 작가들은 우선 용감하고 자유롭게 이런 주제에 접근하고 있다. 이들은 인간 보편의 영원한 난제와 기회에 대해 개방적으로, 신선하게, 정직하게, 때로는 유머를 섞어가며 계속 토론하고 대화하며 그 가운데 태도, 사회적 '규범', 상투형 등에 대해 근본적으로 의문을 제기한다. 비교적 최근까지 그리고 오늘날까지도 소설 작가들, 그리고 특히 여성작가들과 일인칭 서술 소설을 쓰는 여러 작가들은 자전적인 사소설을 쓴다고 비난받아 왔으며 그들을 비난하는 사람들은 이 작가들이 자신의 실제 삶을 소설에 그대로 옮겼다고 가정해 왔다. 여기에 선정된 여성작가들은 소설의 내용과 자신의 실제 삶이 같든 그렇지 않든 간에, 모두 편견에 맞서거나 때로는 편견을 넘어서서 살아 왔을 뿐만 아니라 꿋꿋하게 자신들이 원하는 방식으로 자유롭게 써왔다. 이런 편견들이 점차 역사의 유물이 되어가는 것은 역으로 이 작가들이 영향력을 발휘했음을 보여주는 한 징표라고 할 수 있다.

지난 15년에 걸쳐 아랍권에서나 세계적으로나 현대 아랍문학의 번역에 대한 관심이 증대하고 있다. 1998년에는 『바니팔』이 아랍문학을 소개하는 유일한 창구였다. 『바니팔』은 아랍작가들과 직접 접촉하고 아랍 문학계를 훤히 꿰뚫고 있어서 레바논 시인인 아바스 베이둔의 말대로, '이 (아랍)문학에 대한 현존하는 최고의 백과사전'이 되었다. 그 후 9·11이 터졌고 아랍문학에 대한 서구의 관심 또한 급증했으며 그와 함께 번역도 늘어났다. 또 하나 중요한 요인은 2007년 국제아랍소설상이 제정된 것이다. 아랍 세계에서는 이 상이 아라빅 북커로 알려져 있다. 독립적인 심사를 하는 최초의 아랍 문학상이라고 할 수 있는 이 상의 심사를 받기 위해서는 출판사의 응모작 모두가 목록에 올라간 후 이어 후보작 목록이 만들어지고 최종적으로 당선작 목록이 만들어진다. 작가가 아니라 개별 작품이 심사 대상이 되기 때문에 작품들이 모두 알려지며, 이 작품들 중에서 번역되는 작품의 양이 매년 늘어나고 있다. 『아랍여성 단편소설선』의 한국어판은 풍요로운 문양의 현대 아랍문학이 더 넓은 세계로 나가는 창문이 되는 중요한 발걸음이라는 점을 덧붙이고 싶고, 이런 말을 하게 되어 기쁘다.

라티파 바카의 「형편없는 수프」는 시작부터 유별난 제목으로 주의를 끈다. 전날 저녁 새언니가 형편없는 수프를 준 이후로 주인공의 하루 동안 점점 더 나쁜 일이 계속 일어난다. 하지만 그녀는 끝까지 뭐가 문제인지를 새언니에게 절대로 말하지 않는다! 작가는 아주 빠른 속도로 묘사를 하고 급격하게 관점을 바꾸어가며, 자신의 운명에 대해 불만과 좌절감에 가득 찬 인물을 생생하게 묘사한다. 행복한 결말은 전혀 찾을 길이 없다.

나지와 빈샤트완은 2004년 이후로 3편의 단편소설과 한 권의 장편소설을 출간해왔다. 「공허(空虛) 대장 각하」는 한 퇴직 장교가 과거에 자신이 한 일에 대해 더 나은 보상을 받기 위해 교육받은 조카딸을 시켜 최고 지도자에게 불평하는 편지를 쓰도록 하는데, 이 가운데 저자는 정권 내 타락을 풍자한다. 고모의 건강을 살피러 온 조카딸의 방문은 그녀가 전혀 통제할 수 없게 완전히 엉뚱한 방향으로 흘러간다.

라치다 엘 차르니는 튀니지 출신이다. 그녀는 진지하고 솔직한 삭가로서 중심인물들은 어머니, 딸, 여성 노동자 같은 강인한 여성들이다. 이들은 사회 속에서 힘이 없고, 멸시당하며, 정의와 인권을 위해 여전히 투쟁 방안을 찾아야 하는 사람들이다. 「양귀비 거리로 가는 길」은 젊은 여성이 백주 대낮에 강도한테 털린 사건을 다룬다. 서서 지켜보던 방관자들은 그녀는 그곳에 그대로 있어야만 하고, 희생자가 되는 것에 만족해야만 한다고 생각한다. 하지만 이 젊은 여성은 그렇게 하지 않고 가해자를 추적하여 붙잡으려고 하다가 얻어맞고 땅바닥에 쓰러지며 칼로 위협을 당한다. 라치다가 이 이야기에서 강조하는 핵심은 강도와 폭행이 아니라 방관자들의 한심하고 비겁한 반응이다. 이 이야기는 사회적 도덕의 풍자와 아울러 존엄과 존중을 얻기 위한 투쟁을 감동적으로 그리고 있다. 그녀의 처녀작인 『그녀의 고통의 찬가』는 2007년 완성되었지만 2011년에야 비로소 출간되었다. 이 작품은 벤 알리 정권 몰락 후 한 가족의 비극적 경험을 통해 튀니지 정치범들의 가족들이 처한 곤경, 특히 어머니의 역할에 대해 이야기하고 있다.

라치다 보다 5살 어린 모로코 출신의 와파 마리흐도 있다. 그녀의 주인공이 장애소녀인 점이 이색적이다. 그녀의 아버지는 전통적인 가부장적 방식으로 딸을 무시하며, 그녀가 아버지의 시중을 들 때나 쓸 모가 있다고 생각한다. 하지만 장난기 넘치고 유머 감각 있는 이 아름 다운 소녀는 절망에 굴복하거나 겁에 질려 학대당하는 게 아니라, 어 머니를 설득하여 자신이 불구로 태어나기 전에 있었던 이야기를 듣는 다.

모로코 출신의 세 번째 단편작가는 라비아 라이하네이다. 그녀의 주 인공들은 대개 엄마 혹은 나이든 가족 때문에 사회적 관심과 갈등을 겪게 되는 딸들이다. 딸들은 독립과 자유를 원하며 과감하게 관습을 바꾸려고 한다. 이들은 문제를 제기하고 끝까지 고집스럽게 올곧은 삶 을 선택한다. 「붉은 얼룩」에서 라비아 라이하네는 엄마가 미소를 지으 면서 전통에 따라 '그녀를 시집보내려' 하자 그 사실을 알게 된 14세 딸이 보인 반응을 감동적으로 묘사한다. 그녀는 시집가는 시점에서 처 녀가 아닌 것으로 판명된 그 지방 경찰의 딸인 마리암에게 본인에게 일어난 일을 아주 생생하게 상세히 묘사한다. 그녀는 자신이 '어느 누 구의 노예'로 인생을 마치지는 않겠다며 단호하게 결혼을 거부한다.

로와다 알 베루쉬의 「부활행 버스」는 버스를 타고 세상의 끝, 최후 의 심판의 날로 가는 신비스러운 여행이다. 승객들은 보통 사람들, 남 자들, 여자들, 그리고 소년이다. 화자인 젊은 여성은 일부 다른 승객들 처럼 버스가 향해가는 이상한 종착지에 대해 아주 불안해한다. 갑자기 손가락에서 약혼반지가 사라진 것을 알게 된 그녀는 최후 심판의 날에 약혼자를 만나면 죽은 약혼자가 그 사실을 알게 될까봐 몹시 걱정한 다. 버스에서 내려 반지를 찾아야만 한다! 라고 그녀는 생각한다. 이런 상황과 심리를 작가는 아주 훌륭하게 서술하고 묘사한다.

마리암 알-사에디의 「기름 얼룩」은 기름 얼룩이 사실은 차(茶) 얼룩이라는 이야기다. 한 인도 노동자가 사무실 가(街)에서 차를 배달하는 새 직업을 얻었을 때, 그는 자신의 집안 배경과 습관을 아부다비의 것, 즉 그곳에서 일하면서 알게 된 '세상의 경이로운 일들'과 비교한다. 그는 차를 배달할 때 절대로 얼룩이 생기면 안 된다는 지시를 받는다. 인도 노동자는 음식물 쓰레기나 사무실 사람들이 몸을 숨길 수 있는 벽에 대해 의아해하며 차를 놓다가 불행히도 여사장의 책상 위에 산더미처럼 쌓인 서류더미를 살짝 건드리고 그 순간 그가 내온 차가 사방으로 튄다. 그 인도 노동자는 자신을 대체하려고 인도 아(亞)대륙에서 중동 석유대륙까지 끝없이 줄지어 서있는 남자들의 행렬 사이에 끼여 있는 다른 한 남자에게 새 유니폼과 얼룩을 동시에 넘겨준다.

에브티삼 알 무알라의 「흐려지는 빛」은 시력을 상실하는 젊은 여성이 서술자이다. 갑자기 아사벨 아옌데의 '잦아든' 목소리와 그녀의 방을 가득 채운 '안개'로 이야기가 시작된다. 젊은 여성은 아버지에게 끌려서 의사에게 가게 되고, 집으로 돌아오는 중 그녀는 친구인 마리암에게 어떻게 하면 정상으로 보이고 어떻게 하면 아무 일도 없는 척하며 태연히 피자를 먹으러 갈 수 있을지 궁리한다. 아버지가 주유하기 위해 차를 멈추자 그녀는 재빨리 차장을 내려 광택지로 된 잡지를 여러 권 산다. 하지만 잡지를 읽으려고 애를 쓰면 약해진 시력 때문에 지면이 온통 '초현실주의 그림'이 되어버린다. 그녀는 자신의 첫 번째 차인 BMW를 갖게 되었던 일, 이리저리 운전하고 다니던 일, 자신이 좋아하는 가수인 브라이언 애덤스와 마이클 부블레의 음악을 듣던 일 등을 회상한 후, '시간은 작렬하는 정오의 태양에 갑자기 노출된 한 조각

얼음 같았다'라는 과거를 상기시키는 이미지로 자신이 처한 곤경을 묘사한다. 그녀는 세계문학의 애호가이며, 오르한 파무크의 『눈』(Snow), 가브리엘 가르시아 마르케스의 『백년 동안의 고독』 같은 작품들을 언급하고, 책들의 냄새와 형태만으로도 자신의 책을 구분한다. 그녀는 어둠 속에서 책꽂이를 더듬는 연습을 한다. 영화에서나 눈이 머는 것이며 사실 자신은 눈이 멀지 않았다고 우기면서도 다른 한편 '내가 그리워할 가장 중요한 것들'의 목록, 즉 가슴이 에이는 가족들의 얼굴 목록을 만들어야겠다고 혼잣말을 한다.

다른 이야기들도 마찬가지로 강한 메시지를 담고 있으며 잘 알려진 작가들의 매력이 넘치는 글들이다. 이라크 출신의 하디야 후세인, 수단 출신의 라니아 마문, 시리아 출신의 하이파 비타르, 팔레스타인 출신의 후자마 하바예브, 강렬한 느낌의 「처녀성을 빼앗은 기념 불꽃놀이」를 쓴 예멘 출신의 작가 나디아 알코카바니의 작품 등이 실려 있다.

이들의 이야기를 여러분이 마음대로 발견하고 즐기도록 그냥 놓아두고 싶다.

20인의 아랍 여성작가를 대신하여

샤뮤엘 시몽 Samuel Shimon

간행사

구미중심적 세계문학에서 지구적 세계문학으로

괴테가 옛 이란인 페르시아에서 아주 유명하였던 시인 하피스의 시를 독일어 번역을 통해 읽고 영감을 받아서 그 유명한 『서동시집』을 창작한 것은 아주 널리 알려진 일이다. 괴테는 비단 하피스 뿐만 아니라 페르시아의 역사 속에 등장하였던 숱한 시인들에 대해서도 공부하고 일일이 설명하는 노고를 그 책에서 아끼지 않을 정도로 동방의 페르시아 문학에 심취하였다. 세계문학이란 어휘를 처음 사용한 괴테는 히브리 문학, 아랍 문학, 페르시아 문학, 인도 문학을 섭렵한 후 마지막으로 중국 문학을 읽고 난 후 비로소 세계문학이란 말을 언급했을 정도로 아시아 문학에 깊이 심취하였다. 괴테는 '동양 르네상스'의 전통 위에 서 있었다. 16세기에 이르러 유럽인들이 고대 그리스 로마의 정신적 유산을 비잔틴과 아랍을 통하여 새로 발견하면서 르네상스라고 불렀던 것을 염두에 두고 동방에서 지적 영감을 얻은 것을 '동양 르네상스'라고 명명했던 것이다. 동방의 오랜 역사 속에 축적된 문학의 가치를 알게 되면서 유럽인들이 좁은 우물에서 벗어나 비로소 인류의 지적 저수지에 합류한 것이다.

그러나 중국에서 생산된 도자기와 비단 등을 수입하던 영국이 정작 수출할 경쟁력 있는 상품이 없다는 것을 깨닫고 인도와 버마 지역에서 재배하던 아편을 수출하며 이를 받아들이라고 중국에 강압적으로 요구하면서 아편전쟁을 벌이던 1840년대에 이르면 사태는 근본적으로 달라졌다. 영국이 산업화에 어느 정도 성공하면서 런던에서 만국 박람회를 열었던 무렵인 1850년대에 이르러서 비로소 유럽이 전 세계를 지배하게 되는 움직임이 시작되었다. 13세기 베네치아 출신의 상인 마르코 폴로와 14세기 모로코 출신의 아랍 학자 이븐 바투타가 각각 자신의 여행기에서 가난한 유럽과 대비하여 지상의 천국이라고 지칭하기도 했던 중국이 유럽 앞에서 무너지는 것을 보면서 예전의 방식은 더 이상 통하지 않게 되었고 새로운 세계상이 만들어져 가기 시작하였다. 유럽인들은 유럽인들이 만들고 싶은 대로 이 세상을 만들려고 하였고, 비유럽인들은 이러한 흐름에 저항한다는 것이 거의 불가능하다는 것을 알아차린 이후에는 유럽의 잣대로 세상을 보는 방식을 배우기 위해 유럽추종에 혼신의 힘을 쏟았다. '동양 르네상스'의 기억은 완전히 사라지고 그 자리에 들어선 것은 '문명의 유럽과 야만의 비유럽'이란 도식이었다. 유럽의 가치와 문학이 표준이 되면서 유럽과의 만남 이전의 풍부한 문학적 유산은 시급히 버려야할 방해물이 되기도 하였다. 처음에는 유럽인들이 이러한 문학적 유산을 경멸하고 무시하였지만 나중에서 비유럽인 스스로 앞을 다투어 자기를 부정하고 유럽을 닮아가려고 하였다. 의식과 무의식 전반에 걸쳐 침전되기 시작한 이 지독한 유럽중심주의는 한 세기 반을 지배하였다. 타고르처럼 유럽의 문학을 전유하면서도 여기에 함몰되지 않고 자신의 전통과의 독특한 종합을 성취했던 이들이 없었던 것은 아니지만 주된 흐름을 바꾸기에는 역부족이었다.

유럽이 고안한 근대세계가 내부적으로 많은 문제점들을 드러내자 유럽 안팎에서 이에 대한 비판이 이루어졌고 근대를 넘어서려고 하는 노력들이 다방면에 걸쳐 행해졌다. 특히 그동안 유럽의 중압 속에서 허우적거렸던 비유럽의 지식인들이 유럽 근대의 모순을 목격하면서 자신의 과거를 돌아보는 성찰의 시간을 가지면서 사태는 달라지기 시작하였다. 유럽중심주의를 넘어서려는 이러한 노력은 많은 비유럽의 나라들이 유럽의 제국에서 벗어나는 2차 대전 이후에 이르러 본격화되었다. 정치적 독립에 그치지 않고 정신적 독립을 이루려는 노력이 문학을 중심으로 광범위하게 이루어졌던 것이다. 구미중심주의에 입각하여 구성된 세계문학의 틀을 해체하고 진정한 의미의 지구적 세계문학으로 나아가기 위해서는 두 가지의 인식 전환이 필요하였다. 하나는 기존의 세계문학의 정전이 갖는 구미중심주의를 분석하고 비판하는 것이다. 현재 다양한 세계문학의 선집이나 전집 그리고 문학사들은 19세기 후반 이후 정착된 유럽중심주의의 산물로서 지독한 편견에 젖어 있다. 특히 이 정전들이 구축될 무렵은 유럽이 제국주의 침략을 할 시절이기 때문에 이것은 더욱 심하였다. 아무리 뛰어난 재능을 가진 유럽의 작가라 하더라도 제국주의에서 자유로운 작가는 거의 없기에 그동안 별다른 의심 없이 받아들여졌던 유럽의 세계문학의 정전들을 가차 없이 비판하고 해체하는 작업은 유럽중심주의를 넘어서기 위해서 반드시 거쳐야 할 과정이었다. 하지만 이는 필요조건이지 충분조건은 아니었다. 서구문학의 정전에 대한 비판에 머무르지 않고 비서구 문학의 상호 이해와 소통이 절실하다. 비서구 문학의 상호 소통을 위해서는 비서구 작가들이 서로의 작품을 읽어주고 이 속에서 새로운 담론들을 만들어 내는 것이 필요하다. 기존 정전의 틀을 확대하는 것은 임시방편일 뿐이고 근본적인 전환일 수 없기에 이러한 작업은 지구적 세계문학의 구축을 위해서는 반드시 거쳐야한다. 비서구문학전집은 이러한 인식의 전환을 위한 새로운 출발이다.

글누림비서구문학전집 간행위원회

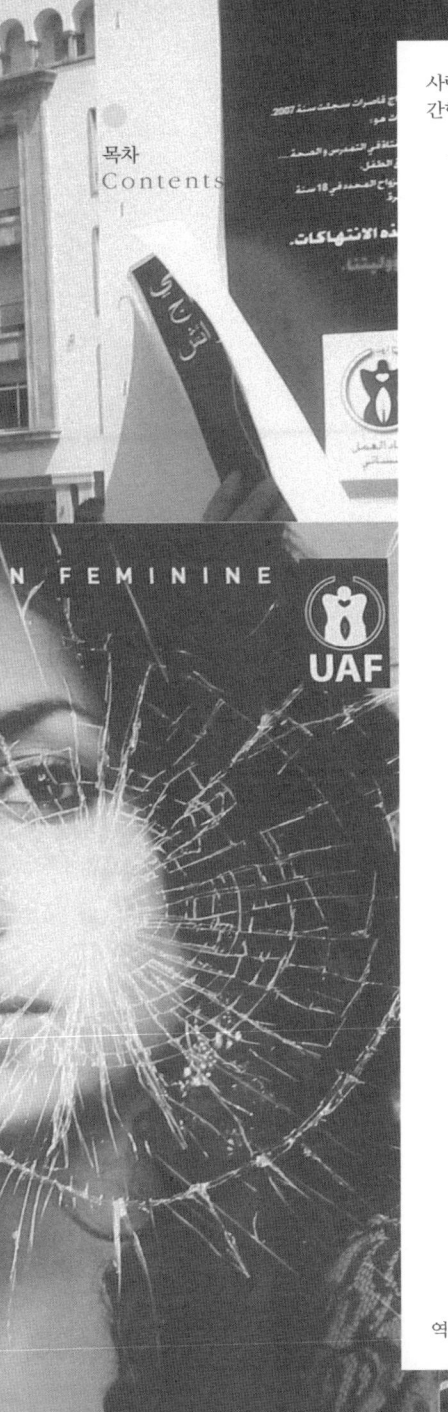

목차 Contents

사랑하는 한국 독자들에게 샤뮤엘 시몬 Samuel Shimon 4
간행사 10

사랑 Love / 17
하이파 비타르 Haifa Bitar

기자의 유칼리 나무 두 그루 Two Blue-Gum Trees in Giza / 25
사하 토피그 Sahar Tawfig

이건 아냐! No! / 33
와파 마리흐 Wafa Malih

결혼식 The Wedding / 41
조카 알 하르티 Jokha Al-Harthi

붉은 얼룩 A Red Spot / 51
라비아 라이하네 Rabia Raihane

처녀성을 빼앗은 기념 불꽃놀이 Fireworks to Celebrate Deflowering / 59
나디아 알코카바니 Nadiah Alkokabany

도전 Challenge / 67
후자마 하바예브 Huzamah Habayeb

뉴스 앵커가 한 말 What the newsreader said / 75
갈리아 카바니 Ghalia Kabbani

공허(空虛) 대장 각하 His Excellency the Eminence of the Void / 83
나지와 빈샤트완 Najwa Binshatwan

아무도 그걸 몰라 No One Knows That / 93
하디야 후세인 Hadiyya Hussein

양귀비 거리로 가는 길 The Way to Poppy Street / 107
라치다 엘 차르니 Rachida El-Charni

기름 얼룩 Oil Stain / 117
마리암 알-사에디 Mariam Al-Saedi

일 년 열세 달 동안의 해돋이 Thirteen Months of Sunrise / 123
라니아 마문 Rania Mamoun

부트루스 Butrus / 137
만수라 에즈-엘딘 Mansura Ez-Eldin

망각의 초상화 A Portrait of Forgetting / 147
르네 하이예크 Renee Hayek

흐려지는 빛 A Fading Light / 157
에브티삼 알 무알라 Ebtisam Al-Mualla

부활행 버스 Resurrection Bus / 175
로와다 알 베루쉬 Rawdha Al-Belushi

그림자들만 남는다 Only the Shadows Remain / 183
라일라 알-오트만 Layla Al-Othman

길을 건너 간 남자 The Man Who Crossed the Street / 203
바스마 엘-느소우르 Basma El-Nsour

형편없는 수프! Bad Soup! / 211
라티파 바카 Latifa Baqa

역자 후기 218

사랑
Love

하이파 비타르
Haifa Bitar

The Way to Poppy Street And other short stories by 20 Arab Women writers

사랑

그녀는 남자 곁에 앉아 지혜롭게 된다는 것은 고통 없이 사랑하는 법을 배우는 것이라고 생각했다. 새로운 열정이 갑자기 치밀 때 자기 마음이 얼마나 무력한 지를 그녀는 느끼고 있었다. 그들은 붉은 포도주를 마시면서 소금 뿌린 아몬드를 서로 먹여주었다.

카페의 다른 테이블은 모두 비어 있었고 연기로 까맣게 그슬린 커다란 거울은 이제 연인이 되려고 하는 두 사람을 비추고 있었다. 카페 주인은 좋은 사람이었다. 주인은 그리스 음악을 틀었고 그 음악 때문에 그녀의 깊은 영혼의 샘에서 열정이 솟구쳤다. 그녀는 첫눈에 반한 눈에서나 볼 수 있는 눈길로 그를 바라보았다. 고통스러울 만큼 가까이 있는 이 낯선 남자와 함께 있는 것이 행복했다. 그리고 자기가 얼마나 이 남자에게 끌리고 있는지도 알고 있었다. 곁에 있는 이 남자 때문에 열정으로 들끓고 있다는 사실도 알고 있었다.

그녀는 그를 향한 격렬한 감정이 무엇인지 이해할 수 없어서 부끄러웠다. 자신의 내면에서 무슨 일이 일어나고 있는지 알지 못했다. 그렇지만 왜 자제해야 하는가? 왜 모든 감각을 동원해 현재 이 순간을 느끼면 안 되는 것인가? 이런저런 생각 때문에 이 순간을 망치지는 말아야겠다고 결심했다. 그 어떤 언어보다 뛰어난 촉감의 언어를 손으로 더듬어 찾았다. 막 구워낸 빵처럼 따뜻한 그 남자의 손은 그녀의 얼굴을 더듬어 목까지 내려오고 있었다. 황홀해진 그녀는 눈을 감았다. 지금까지 '이성'이라는 가면 아래로 복받쳐 오르는 감정을 억제해 왔다는 사실을 기억했다. 순간 깜짝 놀란 그녀는 그를 밀쳐냈으나 여전히 그에게 마음을 뺏긴 채 그를 바라보며 "한 가지 물어볼 게 있어요."라고 말했다.

"조용! 이 순간을 망치지 말아요."라고 그가 말했다.

그녀는 웃었다. 포도주를 한 모금 들이켜 머금고 그에게 촉촉한 키스를 했다. 알코올 기운 때문에 그녀는 더욱 자발적이었다. "왜 열정을 금지하는 거죠?" 그녀가 그에게 물었다.

그는 그녀의 질문이 지루한 것 같았다. 아무 말도 하려 하지 않았다. 육체와 열정의 언어 앞에서 무슨 말이 필요하단 말인가? 그는 그녀의 어깨를 움켜잡았다. 그와 아주 가깝다고 느끼자, 그녀의 욕망이 갑자기 무르익었다. 그의 셔츠 단추를 풀려고 손을 뻗으니 그의 긴장된 따뜻한 몸이 느껴졌다. 그러는 내내 그녀는 "왜 자제해야

하는데?"라고 읊조렸다.

그가 자신의 소유가 될 수 없다는 것을, 그에겐 그의 세계가 있다는 것을, 그를 옭아매는 아이들과 아내, 직장이 있다는 것을 그녀는 잘 알고 있었다. 그래도, 그와 함께 있으면 늘 삶이 즐겁다는 것도 알고 있었다. 그녀는 지금 이 순간의 즐거움을 받아들이도록 자신을 다그쳤다. 지금은 고통 없이도 사랑이 이루어진다는 사실을 자신에게 납득시켜야 하는 지혜로움이 필요한 때다.

그녀는 가끔 눈을 떠서 연기로 그슬린 커다란 거울에 비친, 서로 안고 있는 자신들의 모습을 바라보았다. 카페 주인의 훔쳐보는 시선 따윈 상관치 않았다. 처음으로 죄인 같은 느낌이 들지 않았다. 시간은 폭발하는 것, 낯설고 무거운 것 같았다. 현재가 때로 영원을 담을 수 있다는 것을 다른 사람들이 알았으면 하는 바람이었다.

포도주가 석 잔째 들어가자 뜨거운 열정이 서서히 올라왔다. 포도주가 자신의 피처럼 느껴졌다. 갑작스럽고도 짧은, 벅차서 터져 나온 기쁨의 웃음 때문에 포옹을 할 수 없었다. 행복이란 단순하면서도 불가능한 것이다. 그리고 무엇보다도, 웃음은 갑작스러우면서도 황당하게 터져 나왔다. 그녀는 그를 밀쳤다. 손가락으로 그의 머리카락을 넘기며 유쾌하게 말했다. "잠깐!"

"잠깐? 왜?" 그가 의아해했다.

"빠져버릴 것 같아. 잠깐만."

그는 말하고 싶지 않았다. 담배에 불을 붙였다. 그녀는 담배를 너무 많이 핀다고 그를 나무랐다. 그렇지만 담배가 끼치는 해로움에 대해선 다시 말하고 싶지 않았다. 그도 알고 있으니까. 그는 담배를 한 대 더 붙여 그녀에게 건넸다. 그녀는 웃었다. 기분 좋게 담배를 한 모금 빨고 나서 "사랑하는 사람이 주는 것은 독이라도 맛이 있네."라고 말했다.

그녀는 손등을 볼에 갖다 댔다. 불길이 춤추는 것 같은 열기가 느껴졌다. 그에게 자기 이야기를 해줘야겠다고 생각했다. 그러나 두 문장도 끝나기 전에 이야기는 끝날 것이다. 그녀의 삶은 재미없고 황량했다. 그를 향한 사랑 외엔 말할만한 것이 없었다. 그와 함께 있을 때면 닫혀있던 그녀의 영혼의 문이 열린다고 느끼자, 갑자기 눈물이 솟았다. 그는 왜 우는지 물었다. "담배 연기 때문에."라고 그녀는 대답했다.

그는 담배를 비벼 끄더니 그녀의 손을 잡았다. "자, 더 이상 여기 못 있겠어."

어디로 가는지 묻지 않았다. 잠시 후면 작은 침대가 그들을 맞이할 것을 알고 있었기에. 그가 낯선 거리로 차를 몰고 가는데도 아무것도 묻지 않는 자신의 모습에 그녀는 놀랐다. 그와 함께라면 지옥이라도 기꺼이 갈 참이었다. 그의 옆모습을 뚫어지게 바라보았다. 그의 모습이 바로 삶인 것 같았다. 죄의식보다 먼저 찾아오는 갑작스런 후회가 그녀를 사로잡았으나, 그녀를 멈출 수는 없었다. 그녀는 개의치 않았다. 자신이 유혹의 거리를 따라 가고 있음을 알았다.

희미해진 시간의 주름 밑에 가려진 유혹…… 아, 생각으로 이 순간을 망치고 싶지 않다. 예전처럼, 생각에 생각이 꼬리를 물도록, 그렇게 생각하지 않으리.

　차는 좁은 골목으로 들어섰다. 보랏빛 어둠이 그들을 베일처럼 삼켜 버렸다. 건물의 입구는 어두웠다. 그녀는 속삭이며 물었다. "전기가 끊겼나?" 그는 그녀의 손을 꼭 잡으며 엘리베이터 안으로 그녀를 끌어 들였다. 그 좁은 상자 안에 들어서자마자 그들은 조급하고 열정적으로 포옹했다. 그가 6층 버튼을 누르자 그녀는 하늘로 날아오르는 것 같았다.

■ 유정화 역

기자의
유칼리 나무
두 그루

Two Blue-Gum Trees in Giza

사하 토피그
Sahar Tawfig

The Way to Poppy Street And other
short stories by 20 Arab
Women writers

기자의 유칼리 나무 두 그루

사랑에 빠지자, 우리는 복잡한 도시를 떠나 작은 운하 옆 먼 곳에 기둥 네 개를 세웠다.

이제 나무가 자라 집보다 커진 것이 아주 오래전 일이다. 그때는 높은 빌딩 때문에 태양이 시야를 가리기 전, 난쟁이처럼 작아진 나무가 이상한 덤불처럼 길가에 자라기 전이었다.

그 집 입구의 두 그루 유칼리나무는 우리처럼 젊고 키가 작았다. 우리가 그곳에 살던 첫날 아침에, 창문 저 멀리 광활하고도 텅 빈 장소가 보였다. 두 그루 나무가 보였다. 어리고 키 작은 자그마한 나무들. 우리처럼 두 그루 나무가 이곳에서 첫날을 보내고 있었.

주변 대지는 반짝반짝 초록색으로 빛났고, 커다란 나무가 사방에 무성히 펼쳐져 있었다. 그러나 집 앞의 두 그루 유칼리 나무는 키가 작았다.

　두 그루 나무가 무럭무럭 자랐고, 우리도 자랐다. 나무는 나이가 들었고, 우리도 나이 들었다. 우리 집을 포옹하듯 한 그루 나뭇가지가 집에 걸쳐졌다.

　집 앞 거리에서는 시끄러운 차들과 트럭, 버스 소리가 거의 들리지 않았다. 두 그루 나무는 머리를 내린 채 집의 서쪽 창문으로 우리를 바라보았다. 우리는 나무와 많은 대화를 나누었다. 우리는 매일 저녁 밤이 깊도록 이야기를 나누었다. 우리처럼 두 그루 나무도 이야기를 나누었다. 여름 훈풍이 지날 때면, 두 그루 나무는 부드럽고 섬세하게 이야기를 나누었다. 두 그루 나무 사이에서 사랑과 조화가 무럭무럭 자랐다. 겨울비가 오며 바람이 세차게 불 때면, 아침 일찍 우리가 나무를 씻겨 주거나 봄비에 씻길 때까지, 두 그루 나무는 한결같이 참을성 있게 튀기는 흙탕물을 견뎠다.

　우리는 무성한 가지에 둥지를 튼 한 쌍의 도요새하고만 그 나무를 나누었다. 그 도요새는 잘 보이지 않았다. 그러나 고요한 밤이면 그 도요새 지저귀는 소리가 들렸다. 그 도요새가 해마다 거기 사는지, 아니면 매년 도요새 새끼인 듯한 다른 한 쌍이 한 그루에 살러 오는지 알 수 없었다. 두 그루 나무는 그 도요새 한 쌍을 보호하고 다정하게 대해주고, 눈에 띄지 않게 감춰주었다. 그 도요새들도 우리를 지켜보았다. 밤에 포옹하고 사랑을 나눌 때면 두 그루 나무가 우리 비밀을 속삭여댔지만, 나무의 속삭임은 누구에게도 들리지 않았다.

그러나 나날이 주변 공간이 점점 더 좁아지고 작아졌다. 우리가 발견한 이곳에 타인들이 들어왔던 것이다. 진하고 어두운 빌딩 그림자가 나무 그림자보다 더 짙어질 때까지, 길 양편으로 길고 넓게 빌딩이 올라갔다. 이런 이유로 새로 온 외지인들은 나무를 대부분 잘라냈고, 또한 나무 쓰레기를 작은 운하로 던지기 시작했다. 얼마 뒤 이제는 더 이상 새로 건설된 길로 부족하다는 듯, 새로운 외지인이 운하를 가득 메웠다.

많은 외지인이 우리 거리에 살러 왔다. 주도로변의 나이트클럽 음악가라는 사람이 먼저 왔다. 그 음악가는 밤늦게 귀가하곤 했다. 다 잠들었을 때, 그 음악가의 차 경적이 울려서 아무생각 없이 사람들을 깨우곤 했다. 그 경적 소리는 그 거리의 낯익은 소음이 되었고, 밤이면 도요새 지저귀는 소리나 나무 스치는 소리와 뒤섞였다.

그러자 다른 사람들도 왔다. 상인과 일꾼, 그리고 선생님. 새 주민은 자신만의 리듬을 거리에 가져왔고, 한참 뒤에는 익숙해진 그 가락이 그 곳에 속한 듯 했다.

어떤 남자는 아들들에게 이렇게 소리를 지르곤 했다. "난 너희를 남자로 만들 거야. 너희 불평은 듣고 싶지 않아!"

한 여자는 그곳에서 멀지만 그 도시 출신 남자와 결혼했는데, 그는 1주에 단 하루 왔다. 그가 오면 장모님이 그 집에서 나가곤 했다. 아내가 아기를 낳자, 그 남자는 더 이상 오지 않았다.

그리고 군대의 대형 밴을 타고 오던 장교가 있었다. 그 밴은 장교를 정문에 내려준 뒤 거리 중앙에 주차했다. 군인 두 명이 그 장교의 명령을 기다리면서 그 밴에 머물곤 했다.

그곳에는 많은 사람이 부딪치며 붐볐다. 그들의 목소리는 어울리지 않는 불협화음 같았고 사람들은 점점 더 화를 냈다. 사람이 많아질수록 나무는 적어졌고, 마침내 나무가 진짜 한꺼번에 사라지기 시작했다. 나무가 온통 사라져 주변이 텅텅 비었을 때, 주변에 밀집한 여러 집 주민에게는 나무 두 그루만이 눈에 띄었다. 거리를 통틀어 유일하게 남겨진 나무들인데, 스스로 다시 자랄 채비를 하면서 빛바랜 잎을 떨구고 있었다.

군대 밴이 거리를 막자, 두 그루 나무 사이로 빠져나가는 것 말고 거리를 지날 다른 방도가 없는 것 같았다. 두 그루는 여전히 거기 있었다.

주민들이 지금도 자기 집에서 쓰레기를 던지면서 말했다. "저 두 그루를 베어야 해."

그 나무에서 죽은 낙엽이 떨어졌고, 바람이 너무 약해서 낙엽을 쓸어가지 못했다. 사람들은 이렇게 말했다. "이 나무에서 떨어진 쓰레기가 우리를 덮었어."

두 그루를 베려는 손을 막으면서 우리는 땅에 서 있었다. 화가 난 사람들이 말했다. "이 두 그루에서 나오는 쓰레기가 너무 많아!" 나이트클럽에서 일한 뒤 매일 밤늦게야 귀가하는 음악가가 화가 나서 높은 가지에 삿대질을 하며 말했다. "게다가 저 나무는 짜증나게 쩍쩍거려 밤잠 못 자게 하는 새를 감추고 보호한단 말이야."

우리는 그 나무가 누구 권리도 어기거나 짓밟은 적이 없다고 이웃을 설득하려고 온갖 방도를 다 썼다. 하지만 그들에게는 두 그루를 베는 것 말고 다른 해결책이 없었다. 우리가 물리적으로 이웃을 저지하려고 할 때, 그들은 우리로서는 저항할 수 없는 무기를 꺼냈다.

그 남자가 아들들에게 말했다. "너희들 저 두 그루 보이지? 너희가 남자라는 거 아니까, 너희 불평 듣지 않게 하렴!"

소년들은 나무에 돌을 던지고 나무껍질로 바이올린을 켜면서 놀았다. 아침에 일어난 우리는 나무 한 그루의 껍질이 줄기 밑동부터 1미터 위까지 몽땅 사라졌음을 알게 되었다. 서서히 흐르는 몇 주간, 그 나무는 괴로워했다.

우리는 벌거벗은 줄기에 옷을 입혀 보려 했다. 우리는 여러 방도로 그 나무를 치료해 보려 했지만, 우리 손으로 그 나무를 살리지 못했다. 나뭇잎이 하루하루 더 적어졌다. 그 나무는 씨를 거두려고 열심히 일해야 했다. 주변 땅은 말없는 여러 겹의 아스팔트 위에서 보금자리를 발견하지 못할 떨어진 고엽과 많은 씨로 뒤덮였다. 하지만 누가 그 나무에게 그렇게 말할 수 있겠는가? 그리고 그 나무는 서서히 죽어갔다. 그리고 우리 중 한 사람도 서서히 죽어갔다.

고사했을 때 나무는 말라비틀어지고 가지는 헐벗은 상태였다. 벌거벗은 나무가 하늘을 향해 서 있었다. 매서운 추운 밤 그 나무를 볼 때마다 내 몸이 떨렸다. 몇 주 뒤, 나무줄기가 여위기 시작했고 하루 밤낮 여러 시간 만에 쓰러졌다. 화가 난 새로운 주민들이 나무에게 소리쳤다. "가을바람의 돌진에 쓰러져서 애들을 죽일 셈이냐?"

우리는 스스로 그 나무를 자르고 살살 내려서 도로 옆에 얹어놓았다. 추운 겨울에 우리에게 온기를 공급하도록 통나무를 매일 자를 수 있었다.

다음해 봄에 다른 나무 한 그루가 홀로 서 있었다. 마치 나처럼 홀로 서글프게. 이번에는 주민들이 더 신속한 조치를 취했다. 주민들이 나무뿌리에 독약을 부었다. 밤새 단 하루 만에 나무가 죽었다. 다해봐야 단 하룻밤이 걸린 것이다. 저녁에 그 나무는 여전히 속삭이고 흔들렸다. 아침이 되자 나무는 시들고 이파리는 말라 죽었다.

거리에 남은 것이라고는 여러 집에서 나온 더러운 쓰레기뿐이었다. 빌딩 때문에 나무란 나무가 다 작아질 때까지, 빌딩은 높이 솟았고, 남은 것이라고는 풀풀 나는 냄새뿐이었다. 그리고 바람은 아무 것도 운반하지 못했다.

■ 한애경 역

이건 아냐!
No!

와파 마리흐
Wafa Malih

The Way to Poppy Street And other short stories by 20 Arab Women writers

이건 아냐!

아냐! 난 고통 가득한 연민의 대상이 되고 싶진 않아. 유순함과 단념이 날 외투처럼 감싸는 게 싫어. 마음속에 끓는 반항심을 억제하려 애를 쓰며 그녀가 속삭였다.

그녀의 방 유리창으로 울려 퍼지는 노래의 메아리 소리와 함께 찬 공기가 떠도는 느낌이었다. 부드러운 바람이 그녀의 작은 체구를 휘감았다.

그녀는 옷을 벗었다. 바지를 벗고 오른발을 응시하고는 옷장을 바라본 후 셔츠와 바지 한 벌을 골랐다. 그녀는 한동안 바지를 찬찬히 살핀 후 입었다. 문을 힘껏 쾅하고 닫고선 느릿느릿 비틀거리며 거실 쪽으로 발길을 옮겼다. 그녀는 아버지의 잔인하고 불쾌한 시선과 맞닥뜨렸다. 더 이상 참기 어렵다는 걸 알기에 두 눈을 내리뜨고 그녀는 구석으로 물러섰다.

그가 그녀를 향해 퉁명스럽게 소릴 질렀다. "장애인……."

이 말에 당황한 엄마가 버럭 화를 내며 끼어들었다. "제발 좀 그만해요! 그 아이한테 뭘 원해요?"

"날 위해 저 애가 차(茶)를 준비해주었으면 해. 여성으로 아무 일도 안하잖아. 공부를 하면 뭐해. 갈 데도 없고 식업도 없잖아. 언니들은 전문직에서 잘 나가는데 저 애는 나한테만 의존 하니. 저런 애를 어떻게 해야 돼?"

"당신은 어쩌면 이렇게 무자비할 수 있어요. 당신 딸이잖아요. 당신이 애정을 보이질 않으면 누가 애정을 보이겠냐구요?"

방으로 들어가 문을 닫고 벽 뒤에 숨을 곳을 찾던 소녀는 감당하기 어려운 걱정과 말 못할 괴로운 슬픔을 억누른다. 그 슬픔은 거의 틀림없이 뜨거운 눈물이 되어 두 뺨에 주르륵 흘러내릴 것이다. 그녀는 마음속에서 불쑥 질문을 내뱉었다. "장애가 내 잘못인가?"

그녀가 가방을 열어 화필과 흰 종이를 꺼내어 부드럽게 탐닉하더니 내려놓았다. 화필과 색상들의 상상력에 도움을 구했다. 어두운 심연에서 솟아난 지루함을 털어버리며 자신이 그린 그림을 살펴보려고 잠시 멈추었다. 그녀의 순수하고 부드러운 두 눈은 신나서 반짝였고, 그 즐거움을 같이 나누려고 엄마와 언니들을 큰소리로 불렀다. 엄마가 무슨 일이냐고 서둘러 물었다.

"좋은 소식이야, 바라던 일이라고." 딸의 그림을 보더니 엄마가 말했다. 기쁨에 겨워 웃던 엄마가 물었다. "애야, 이 일로 밥벌이를 할 수 있겠니?"

"엄마, 중요한 건 내가 숨 쉬고 산다는 거야." 절망감을 억누르려 애쓰면서 그녀가 대답했다.

"맙소사, 난 도무지 모르겠다." 엄마가 목청을 높이며 옆에 앉더니 딸의 땋아 늘인 머릴 쓰다듬으며 말했다. 무감각증에 사로잡힌 듯 딸아이는 엄마의 어깨에 머릴 기대며 공허(空虛)를 응시했다. 그녀는 피곤하고 뚱한 표정을 지었다. 그녀는 엄마한테 중얼거리더니 엄마를 마주보려 몸을 돌렸다. "엄마, 제발. 날 임신했을 때, 내가 태어났을 때에 관해 말 좀 해줘."

그녀는 어떤 상황에서 자신이 태어난 것인지를 자세히 이야기해 주길 원한다. 그렇게 해서 자신이 엄마의 자궁에서 나오는 순간과 동시에 세상의 자궁에서 나오는 순간을 목격할 수 있을 것이어서였다. 두 경우 간에 분명한 차이가 있기에 다시 태어나기 위해서는 그녀는 상상력에 의지하게 될 것이다.

기억을 더듬어 그때에 관해 이야길 할 때 엄마의 목소리는 떨렸고 느려졌다. 오래전 일이지만 여전히 그녀의 마음속에서는 생생한 이야기다.

"널 임신했을 때는 네 언니들을 임신했을 때와 달랐어. 넌 돌덩이처럼 꼼짝도 안했어. 너 때문에 몸이 무거웠어. 마치 죽은 것이 뱃속에 있는 것 같았거든. 널 부르면 희미하게 흐느끼는 소리만 들렸어. 네 아버지와 언쟁을 했고 네 아비가 내 배에 주먹질을 했거든. 그런 일이 있은 후 어느 무더운 여름날 아침에 널 출산할 때까지 난 의심과 두려움에 떨며 배 전체를 찌르는 심한 통증을 느꼈거든. 입에선 악취가 났어. 그 당시 이웃 사람이 출산을 도와주었어. 조산원의 도움으로 네가 밖으로 나와 세상의 빛을 볼 수 있게 되었지. 네 언니들을 출산할 때 비하면 널 출산할 때 고통은 대수롭지 않았어. 하지만 그 후 통증으로 인해 내 몸에 변화가 생겼고 상당히 고통을 받았단다.

말을 끝내자 엄마는 상념에 젖어 침묵하더니 공허를 응시하다가 이렇게 외치는 딸을 보았다. "난 여자 영아 살해에 짓눌려 고통 받던 시대에 태어난 딸이구나."

이내 긴장이 풀렸다. 그녀는 한동안 넋이 나가 제대로 기억하지 못한 채 가벼운 잠에서 깨어났다. 그러자 유년의 기억이 그녀 앞에 순수한 색채로 빛나며 펼쳐졌다. 이웃 아이들이 그녀를 장애인이라며 따돌렸을 때, 자신이 그 애들을 못살게 굴었다는 걸 기억했다. 그녀는 그 말뜻을 이해하지 못했고 주의를 기울이지도 않았다. 오히려 그녀는 애들과 함께 놀겠다고 고집을 부렸다. 그녀는 애들의 관심을 끄는 수법을 찾았는데, 그건 스토리텔링이었다. 그녀는 애들에게 흐디단, 도둑, 아이사 콴디사(*모로코 남성들과 결혼하여 그들을 미치게 만든 여성 정령-역자주)에 관해 말해주었는데 모두 엄마에게 들은 이야기들이었다. 그녀는 칠흑 같은 어둠 속에서 이야기의 실타래를 짧다. 사춘기에 접어들어 자신의 신체가 성숙해진 걸 알고 자긍심을 갖기 시작했을 때, 그녀는 심리적 고통의 미로에 발을 디뎠다. 바닷가에서 수영복을 입고 요염하게 깡충거리며 물속으로 들어가는 소녀들의 모습을 보고 자신이 그들과 다르다는 걸 알았다. 그녀는 자신이 장애인이라는 걸 안 후 몹시 당혹스러워 했고 힘든 삶을 살았다. 나무 그늘에 누워있을 때, 그녀는 사랑의 열병에 걸려 자신을 갈망하는 시선을 모두 의도적으로 피했다. 그녀는 수일 동안 자신의 몸을 돌봤다. 자신이 오랫동안 방치해왔던 자신의 몸을 다정스레 살펴보고 매끄러운 몸을 안쓰럽게 여기며 이렇게 한숨지었다. "왜 신은 이런 아름다운 몸을 장애로 만들어 날 괴롭히는 거지?"

자기 연민에 압도당한 그녀는 말없이 우는 연약한 여자였다. 그녀는 자기 몸으로 인해 더 이상 상처를 받지 않는 소중한 능력을 간직한 여자였다. 타인의 욕망의 시선은 이걸 지속시키지 못한다. 오히려 그녀는 다른 종류의 포옹을 갈망한다. 그녀는 그녀의 감각이 지속적으로 발산하는 물밀듯 밀려오는 감정을 진정시켜줄 그런 쿨한 포옹을 갈망한다.

과거에도 그랬듯이 지금도 무분별한 감정이 계속 표출되어 그녀도 당혹스럽다. 하지만 그녀의 내면에서 희망을 낳고 따뜻함을 전파하는 뭔가가 불쑥 모습을 드러낼 때, 그리고 그녀가 삶의 아름다움을 발견할 때, 그녀는 정신을 추스른다.

■ 박종성 역

결혼식
The Wedding

조카 알 하르티
Jokha Al-Harthi

The Way to Poppy Street And other short stories by 20 Arab Women writers

결혼식

결혼식장은 엄청나게 컸다. 신부가 앉아 있는 의자는 수많은 꽃과 흰색, 분홍색으로 치장한 커튼으로 장식되어 있었다. 테이블에 둘러 앉아 있는 여자들의 표정에는 도도함이 묻어났다. 그 속에는 쌀로마도 있었다. 머리를 높이 쳐들지도 그렇다고 아래로 숙이지도 않은 상태로 등을 곧게 펴고 앉아 있었다. 반지, 팔찌, 구슬과 같은 보석으로 한껏 멋을 내 무거워진 손이 무릎위에 놓여 있었다. 발찌를 한 발은 얌전히 바닥에 놓여 있었다. 입술에는 만족감과 축복이 묻어나는 그렇지만 다소 모호한 미소가 번지고 있었다. 나른한 눈은 미동도 하지 않고 신부만 정면으로 향해 있었다. 결혼식이 족히 두 시간도 넘게 걸렸지만 쌀로마는 자리를 뜨지도 팔을 움직이지도 않고 그저 만족스러운 미소를 지으며 자신감 넘치는 자태를 유지했다. 마치 영겁의 시간 전에 그 장소에서 태어나 영원토록 그 의자에 서 앉아 살아야 하는 운명을 갖고 태어난 사람처럼 보였다.

　지금까지 열 번도 넘게 결혼식을 치룬 쌀로마이지만 그녀에게도 이런 결혼식은 처음이었다. 한들거리는 커튼으로 장식한 신부 석에 앉아 올리는 결혼식은 생전 처음이었다. 또한 신랑과 신부가 많은 하객들 앞에서 손을 꼭 잡고 나란히 앉아서 치르는 결혼식도 처음 이었다. 결혼식 때마다 쌀로마는 무거운 베일로 자신의 몸을 머리에 서 발끝까지 숨겨야만 했었다. 베일은 금실로 수를 놓은 것이었거나 아니면 소박하게 초록색 천으로만 된 것이었는데 신랑이 얼마나 경제적으로 여유가 있느냐에 따라 그때그때 달랐다. 대개 결혼식 당일에는 노래가 계속 이어지고 시끌시끌한 잔치 분위기 속에서 여자들에게 둘러싸여 신랑 집으로 곧장 옮겨졌다. 신랑 집 한구석에는 대부분 조그만 양탄자가 깔려있었는데 쌀로마는 거기에 앉아 있곤 했다. 내리 누르는 초록색 베일의 무게로 숨을 쉬기가 버거웠었다. 여자들이 쌀로마 주위 바닥에 둥그렇게 모여 앉았었다. 앞에는 달콤한 할와(*설탕, 견과류, 카르다몬을 재료로 만든 오만 식 단 것-역자주)와 진한 커피가 담긴 주전자가 놓여있었다. 신랑 측 행렬이 보이면 여자들은 신부와 신랑 혼자만 내버려 두고 집으로 돌아갈 채비를 하곤 했다. 오로지 신랑만이 신부의 관능적인 눈을, 팔찌, 목걸이, 호부(護符), 은, 금 그리고 팔에 두른 화려한 액세서리를 감상할 수 있었다. 쌀로마는 한 번도 이 무거운 장식들을 힘들어 하지 않았다.

오늘 밤, 오로지 자신만을 위해 특별히 제작된 것 같은 의자에 앉아 있는 쌀로마의 몸은 빛나고 있었다. 관능적으로 보이는 쌀로마의 나른한 시선은 무의식적이건 의도적이건 간에 신부로만 향해 있었다. 보석으로 치장한 신부의 이크파(*오만의 전통 머리 스타일. 머리카락을 반으로 나누고 나눈 후 머리에 캠퍼나 도금양 같은 허브 식물이나 대추, 사향, 들기름을 혼합한 꽃 등으로 만든 향을 뿌린다.-역자주) 스타일 머리는 수를 새겨놓은 베일 속에 감춰져 있지만 땋은 머리가 몹시 크다는 것을 잘 보여주고 있다. 코에 금으로 만든 꽃 모양의 피어싱은 코와 분리될 수 없는 코의 일부처럼 보인다. 그리고 그 당당함이란⋯⋯ 아, 그 당당함이란! 쌀로마가 키우는 아홉 마리의 닭은 당연히 지금쯤 잠들었을 것이다. 쌀로마는 아침 일찍 닭장 청소를 하고 달걀들을 거뒀다. 결혼식에 오기 전에는 점심때 먹고 남은 음식을 닭에게 준 후 하객을 태우고 갈 버스에 올라 무스카트에 있는 오만 여성협회 건물에 위치한 결혼식장에 도착한 것이었다.

쌀로마의 얼굴에는 옅은 미소가 떠나지 않았다. 단지 입 주위에만 주름이 조금 잡혀있었다. 그녀의 미소는 절대로 냉소적인 미소가 아니었다. 오로지 만족감과 축복으로 충만한 미소였다. 쌀로마의 수입은 고작 달걀을 팔아 번은 여남은 리알뿐이었고 오늘 입고 온 디슈다샤도 매년 이드 축제 때마다 엄마를 보러 오는, 네 번째 남편과의 사이에서 태어난 딸이 선물로 사준 것이었다. 쌀로마의 걷는 자태에 수개월 간 푹 빠진 한 남자가 교외건, 팔라즈(*오만의 관개용

수로체계-역자주)건, 혹은 좁은 골목길이건 쌀로마가 있는 곳은 가리지 않고 계속 쫓아다니면서 청혼을 했고, 결국 쌀로마는 그 남자의 청혼을 받아들일 수밖에 없었다. 곧 그 남자는 전처를 버리고 쌀로마에게 와서 쌀로마의 네 번째 남편이 되었었다.

포크, 접시, 칼이 세팅돼 있는 테이블 위로 음식이 차려졌다. 구운 쇠고기, 케익, 빵, 과자 등이 나왔지만 쌀로마는 이것들에는 눈길도 한번 주지 않았다. 등을 꼿꼿이 하고 앉아 미동도 하지 않은 채 신부와 신부가 들고 있는 생화로 만든 장미 부케에 시선을 고정하고 있을 뿐이었다. 누군가가 음식을 권하자 마지못해 포크로 천천히 음식을 먹기 시작하였다. 마실 것으로는 제공된 여러 가지 중에서 샤니를 골라 마셨다. 입술이 선홍색으로 물들었다. 손을 위아래로 움직일 때마다 손목에 찬 팔찌에서 딸랑딸랑하는 소리가 났고 입고 있는 디슈다샤의 소매 안에 있어 눈에는 보이지 않던 아디드(*오만의 여성들이 팔뚝에 차는 전통 액세서리-역자주)가 오랜 세월 끌어왔던 뭇 남성들의 마음을 설레게 한 그 매혹적인 소리를 냈다.

우리는 서로 눈짓을 교환하며 웃었다. "그런데, 쌀로마야, 딸 아버지는 어떻게 된 거니? 왜 너한테서 도망간 거니?" 쌀로마는 등을 다시 꼿꼿하게 하고 두 손을 허리 양쪽으로 가져갔다. 무슨 생각이라도 하듯 눈을 깜빡거리고 있었다. 우리 모두는 쌀로마가 뭐라고 대답할 여유도 주지 않고 "징크스"라고 외쳤다.

쌀로마는 재미있다는 듯 웃으며 우리 대답에 대한 흔쾌한 동의의 표시로 무릎을 쳤다. "맙소사, 그게 맞아. 나는 말이야 매일 집 앞에서 숨겨놓은 머리카락, 뼈, 검은 실을 찾아내야 했어. 왜 사람들은 나를 시샘하는 걸까? 알다가도 모르겠어. 난 그저 병든 외로운 여자일 뿐인데 말이야." 우리가 곧바로 대답했다. "아니지, 너 보다 더 건강한 사람은 이 세상에 없어. 네가 아무리 육십이 넘었어도 너의 매혹적인 걸음걸이를 보고 이곳저곳에서 남자들이 농탕치는 휘파람 소리를 빽빽 불어 젖히고 있잖아. 그것뿐이 아닌걸. 너의 걸음걸이를 보곤 남자들이 감탄해서 '와우'를 연발하고 있잖아. 쌀로마의 안색은 환해졌고 이 말에 덧붙여 지금도 여전히 남자들의 청혼이 끊이지 않는다고 자랑 아닌 자랑을 늘어놓았다. 하지만 자신에게 청혼하는 남자들은 거의가 다 늙은 남자들뿐이고, 이제 와서 생각해 보니 결혼이란 어떤 일에 관해 하소연하고 싶을 때 그 하소연을 들어 줄 사람이 필요할 때만 필요하지 그 외에는 아무런 쓸모가 없는 것이라고 생각하기 때문에 모든 청혼을 다 거절한다고 말했다.

　쌀로마는 냅킨으로 입 주위를 훔쳤다. 주위의 여자들은 화장을 고치기 시작했다. 핸드백에서 손거울을 꺼내 눈썹을 다시 그리거나, 입술을 칠하고, 얼굴에 파운데이션을 바르고, 머리를 빗어 가지런히 뒤로 묶어 넘겼다. 이마가 사프란 물 때문에 얼룩이 졌는데도 쌀로마에게는 이를 고칠 간단한 화장품이 든 핸드백조차 없었다. 아니 핸드백이 결코 필요 없었다. 쌀로마는 화장을 고치는 여자들에게는 조금의 관심도 두지 않고 오로지 사진 촬영 중인 신부만 쳐다보고 있었다.

　여자들은 홀 중앙으로 나가 동그랗게 모여 음악에 맞춰 춤을 추기 시작했다. 노래 중에 스와힐리 말이 들어간 노래가 계속 흘러나왔는데 이때마다 원은 더 커져갔다. 비록 쌀로마를 거쳐 간 여러 남편 중 한 명이 스와힐리어를 했지만 쌀로마는 스와힐리어를 전혀 몰랐다. 스와힐리어를 한 남사와의 결혼생활은 겨우 몇 달 동안만 지속됐다. 쌀로마는 친구들과의 모임에서 스와힐리어를 하는 남편 흉내 내기를 좋아했다. 그때도 오늘처럼 등을 꼿꼿하게 하고 다리를 꼬고 앉아 그 남자의 탁한 목소리를 흉내 내면서 큰소리로 말할 것이다. "오 하느님, 난 생전 당신처럼 편한 여자를 만나보지 못했오. 쌀로마, 당신은 하느님이 주신 축복이고 선물이오. 그동안 어디서 살고 있었던 것이오? 아, 만두스(*역사적 가치가 있는 옷이나 물건을 넣어두는 벽장과 같은 생김새를 한 오만의 전통 함-역자주)를 주겠소 당나귀, 대추야자 나무도 주겠소 나와 함께 삽시다. 그전에는 어디에서 살았소?" 쌀로마는 등을 꼿꼿하게 하고 앉아 웃기 시작할 것이다. "내가 아들을 낳자마자, 그 남자는 가버렸어. 그전에 내게 준 만두스, 당나귀, 야자나무들을 몽땅 다 가지고 갔지. 그게 다 징크스거든! 그 남자가 집에 올 때마다 나는 집을 비웠지. 못된 이웃 여자들이 '당신 여편네는 바람났어요'라고 그 남자에게 말하곤 했어. 완전히 거짓말이지! 그 여자들은 나를 몹시 시샘했거든. 근데 난 그 이유를 모르겠어. 나는 그저 병든 외로운 여자일 뿐인데 말이야."

쌀로마는 눈을 쫑긋하며 웃었다.

　우리 모두는 한 치의 망설임도 없이 합창하듯이 동시에 말했다. "아니야. 너는 아직 건강해. 그리고 지금은 혼자가 아니잖아. 이제 아들도 출옥했고 아들이 곧 결혼도 할 것 아니야? 그리고 좀 있으면 손주들도 볼 것이고."

　쌀로마는 현란한 조명과 시끄러운 음악 속에서 미래의 손주 모습을 그리고 있는 것일까? 손주들의 생김새에 대해 궁금해 하고 있는가? 손주들의 아비가 될 쌀로마의 아들은 무척이나 잘 생긴 제 아버지를 빼다 박았으므로 손주들도 제 아비를 닮아 잘 생길까? 아니면, 결혼에 쓸 돈이 많지 않아서 인도 여자(*결혼 때 신랑이 신부에게 지불해야 하는 결혼 지참금은 오만 신부에게 지불할 때보다 인도 신부에게 지불할 때가 훨씬 더 적게 든다.-역자주)와 결혼을 하게 돼서 손주들이 인도인 엄마를 닮게 될까? 쌀로마는 아무래도 자신의 능력으로는 아들 결혼식을 이 결혼식만큼 성대하게 치러줄 수 없다고 확신했다. 게다가 전통 혼례는 더더욱 불가능할 것이다. 아들은 그저 조용히 결혼식을 치른 후 자식을 낳게 될 것이다. 몇 년 간 소식이 끊긴 또 다른 아들은 아마 하느님의 가호를 받지 못했을 지도 모른다. 그 아들은 자신의 아버지, 즉, 쌀로마의 일곱 번째 남편이 쌀로마 곁을 떠났을 때 아버지와 같이 떠나 간 후 가뭄이 심하던 어느 해에 결혼을 했다.

　홀 가운데로 춤추러 나갔던 여자들이 자리로 돌아와 퍼지듯이 앉았다. 신부는 안절부절 못하며 문 쪽을 응시하고 있었다. 노래와 대화소리가 점점 잦아들기 시작했다. 하객들이 하나둘씩 집으로 돌아가고 있었지만 쌀로마는 여전히 완벽할 정도로 만족스러운 미소를 지으며 의자에 편안히 앉아있었다. 같이 온 동네 사람들이 버스 출발시간이 다 됐다며 일어나자고 해서야 쌀로마도 자리에서 일어났다. 그 나이 때 으레 있는 요통도 없는시 쌀로마는 잽싸게 움직었다. 쌀로마는 신부가 앉아 있는 자리로 가서 신부의 머리에 손을 얹고 파티하(*코란의 첫 번째 장-역자주)를 읊으면서 신부를 축복해 주었다. 신부는 비싼 돈을 주고 한 머리가 헝클어질까봐 머리를 앞으로 약간만 숙였다. 쌀로마는 집으로 가는 버스를 타기위해 자신을 열 번 이나 넘게 신부로 만들어 준 그녀의 그 매력적인 걸음걸이로 밖으로 걸어 나갔다.

■ 강문순 역

붉은 얼룩
A Red Spot

라비아 라이하네
Rabia Raihane

The Way to Poppy Street And other short stories by 20 Arab Women writers

붉은 얼룩

오후 시간에 놀고 있는 여자 친구 틈에 끼는 일은 내게는 한 마리 자유로운 새로 변하는 것이다. 여기저기 날아다니거나, 아니면 그저 야생의 토끼처럼 숨어버리거나, 혹은 넓고 열린 공간에서 자유를 즐기는 법을 아는 쉴 틈 없는 영양처럼 숨고자 하는, 그런 강한 욕망으로 본성이 꿈틀대는 그런 새가 되는 것이다.

내가 아직도 열네 살 어린 소녀로서 수줍음뿐만 아니라 부모에 대한 복종심도 보여주도록 기대되는 나이였을 때 엄마는 나를 시집보내 떠나보내기로 작정하셨다. 이것은 갑자기 우리를 방문했었던 어떤 먼 친척 아줌마가 나를 보자 눈을 떼지 못했기 때문에 일어난 일인데 그때 나는 머리를 숙이고 발만 내려다보면서 엄마의 명령과 분명한 지시사항을 받아 적고 있던 중이었다. 한 번도 틀린 적이 없었던 직관에 부추겨져서 아줌마는 내가 자기 아들에게 딱 맞는 아내가 될 거라고 엄마에게 말했다.

내 여자동생이 이 소식을 나한테 전하자 나는 혼란스러워져서 마치 내가 성숙한 여자로 갑자기 커버린 것처럼 느꼈다. 엄마의 얼굴은 기쁨으로 빛났다. 내가 숙모네 딸들과는 달리 남편이 있게 되니까. 그런데 이 이야기가 아버지가 있는 자리에서 언급되어서 나는 아주 부끄럽고 난처해졌다.

어쨌든 해질 무렵이 되자 나는 이 일을 벌써 완전히 잊었다. 할리마가 한 번도 닫혀 있는 적이 없는 우리 집 문간에서 기웃거리며 내게 말했다. "나와서 놀자." 그래서 난 그 애랑 같이 놀았는데 광장 두 곳을 깡총 뛰면서 지나간 뒤에 나는 놀기를 멈추고 구석으로 물러났다. 그 애가 내 이름을 몇 번 소리 내 불렀는데 내가 대답하지 않자 걸어서 가버렸다. "어디 다리몽둥이나 부러져라, 이 망할 것"이라고 하며.

나한테 무슨 일이 일어나고 있던 건가? 난 경찰의 딸과 그 애의 거들먹거리는 엄마를 기억했다. 난 또 겁에 질린 여자들도 기억했는데 이들 중 몇몇은 앙심을 품게 되어서 다른 사람들의 불행에 대해 즐거워하기 시작했다. 경찰관네 집에 끔찍한 일이 하나 일어났다. 그의 예쁜 딸의 잘생긴 신랑이 떠나버린 것이다. 그는 그냥 창문을 열고 깜깜한 데 밖으로 뛰어내렸다. 이 일이 우리 엄마들에게 우리들 제일 어린 여자애부터 제일 나이 많은 여자애에 이르기까지

다 모아놓고 꾸지람하는 좋은 빌미를 제공했다.

"니네 기집애들이 집안에 창피와 치욕을 가져오는구나." 엄마들이 말했다.

경찰관의 딸은 처녀가 아니었다. 이 사실을 알자 넋이 나가게 충격 받아서 신랑은 배신감 느끼며 그 여자애를 떠났다. 그녀의 엄마는 딸애를 구석으로 데려가 따귀를 때리기 시작했다. 그녀의 아버지는 오토바이를 타고 나가버렸다. 아무리 많이 위로해도 소용없었다. 신부로 말하자면, 그녀는 그냥 거기 어찌 할 줄 모르고, 약점 잡혀서 앉아 있었다. 사람들의 사악한 혀가 이 일은 그녀의 부모가 다른 사람들에게 저지른 나쁜 짓들로 인한 당연한 결과라고들 말했다. 그녀의 아버지인 경찰관은 거칠고 잔인했으며 돌처럼 냉혹한 사람이어서 누구건 혁대와 곤봉으로 두들겨 팼고 그녀의 엄마는 남편 덕에 대담해져서 악질적이고 심술궂게 허풍떨고 다녔다.

여자들이 경찰관을 놀려댔다. "그 양반은 딴 사람들 감시하는 데 너무 바빴나 봐." 그들이 말했다. "그 사람은 자기 딸의 순결을 감시했어야 했는데!"

우리 여자애들은 더 근심하고 걱정하게 되었다. 우리는 만나서 얘기했다. 우리는, 우리를 순결을 잃지 않게 막아 주는 방패라고 우리가 알고 있는 모든 빈틈없음이, 그 모든 지혜가, 어디에서 올까 궁금해 하고 있었다. 가령 너무 높이 뛰는 것도 피해야 하고, 뾰족한 모서리가 있는 데에는 앉지도 말아야 하고, 남자애들이 소변보는 데서는 오줌 누지 않아야 하는 그런 것들.

좀 더 나이든 소녀들이 우리들 더 어린 소녀들에게 혀를 내밀어 보라고 할 때면 언제나 내 심장은 두려움에 방망이질 쳤다. 그건 이들이 우리에게 복수하는 그들 나름의 방식이었다. "넌 처녀다." "그리고 너도." "너도 처녀구나." "아니, 넌 아니야." 그들은 우리의 혀를 '조사' 하면서 우리들 하나하나에게 말하곤 했다. 그냥 말도 안되는 장난이라고 해도 누가 처녀이고 누가 처녀가 아닌지 가리는 이런 혐오스러운 방식 때문에 우리가 참아내야만 했던 고통을 한번 상상해 보라.

우리는 전혀 섹스를 경험해 보지 않았지만 거기 대해서 생각은 많이 했다. 우리 엄마들이 섹스에 대해 경고하고 또 훈계하는 것은 마치 끊임없이 종을 치는 것과 같아서 성에 대한 우리의 욕망을 완전히 김빠지게 만든다.

마리암은 공사 중인 건물 뒤에서 순결을 잃었다.

난 그 여자애의 친구는 아니었다. 그녀는 나보다 나이가 좀 많았고 자기 자신과 형제들을 돌보는데 너무 바빴다. 아마도 그녀가 제일 나이가 위여서 그녀의 엄마는 아이들 돌보는 일의 부담을 자기 어깨에서 큰딸의 어깨로 옮겼을 거다.

마리암의 오빠들은 몸을 낮추고 있었다. 왜냐하면 이제 그들은 더 이상 경찰관인 그들의 아버지로부터 혹은 자신들의 육체적 힘에서 자기 확신을 이끌어낼 수 없었기 때문이었다. 그들은 자기들이 마을의 이야깃거리가 되어 욕 듣고 비난받는다는 것을 알았는데 이건 사람이 죄를 범했을 때 다른 사람들이 보이는 그런 종류의 반응이었다.

마리암네 식구들이 이런 모욕을 처벌받지 않게 내두지는 않을 것이라는 생각이 사람들 사이에 떠돌았다. 여자들은 심지어 그 아버지의 권총과 오빠들의 큰 칼을 마음에 떠올리기도 했다. 그러나 어떤 신성한 지혜에 의해 아버지와 오빠들은 나이든 여자들의 말과 그들의 훌륭한 충고에 주목했고 "운명과 천명—그대는 이것을 원하고 난 저것을 원하지만 신은 자기 원하는 대로 한다"라는 옛말을 따랐다.

마을 사람들은 나중에 그녀의 이야기에 대해 흥미를 잃게 될 때까지 경찰관의 딸에 관해 한껏 즐거워하며 수군거렸다. 마리암은 두문불출했고 얌전하고 완전히 고분고분해졌다. 그녀는 집안에서 아주 복종하는 노예처럼 되었다.

우리 엄마가 기쁨으로 빛나는 얼굴로 내 사촌이 나와 결혼하는 문제를 꺼냈을 때 나는 말을 더듬거렸고 울음을 터뜨렸다. 마리암의 예쁜 얼굴이 내 마음에 떠올랐다. 난 그녀가 홀로, 무릎 꿇은 채 청소하고 걸레질하며 모든 사람에게서 심하게 학대당하고, 그리고 결국은 그걸 받아들이는 모습을 상상했다.

난 엄마에게 간청했다. "난 결혼하고 싶지 않아. 정말로 안 하고 싶다고."

"하지만 난 원한다." 엄마가 말했다.

"그럼 엄마가 걔랑 결혼해!" 내가 좀 허를 찔렀다고 느끼며 똑 쏘았다. 난 잠시 동안 머리를 숙이고 있었는데 머리를 들어 엄마를 보자 난 엄마의 얼굴이 내가 보인 반응으로 잿빛으로 변한 것을 봤는데 엄마는 곧 다시 평정을 되찾고 이렇게 말했다. "걔는 애도 좋고 집에 돈도 많단다."

내 얼굴은 협박조로 이 말을 하면서 고통으로 일그러졌다. "만약 엄마가 날 억지로 결혼시키려고 하면 난 도망갈 거야."

내 대답이 엄마를 멍하게 한 것 같았고 엄마는 앉아서 생각에 잠겼다. 그러다가 난 엄마가 속상한 목소리로 이렇게 말하는 것을 들었다. "왜 그러려고 하니?"

"그건 난 누군가의 노예가 되고 싶지 않기 때문이에요." 괴로움에 가득차서 타일 깐 마루 바닥 위의 붉은 얼룩을 노려보면서 내가 말했다.

■ 최인환 역

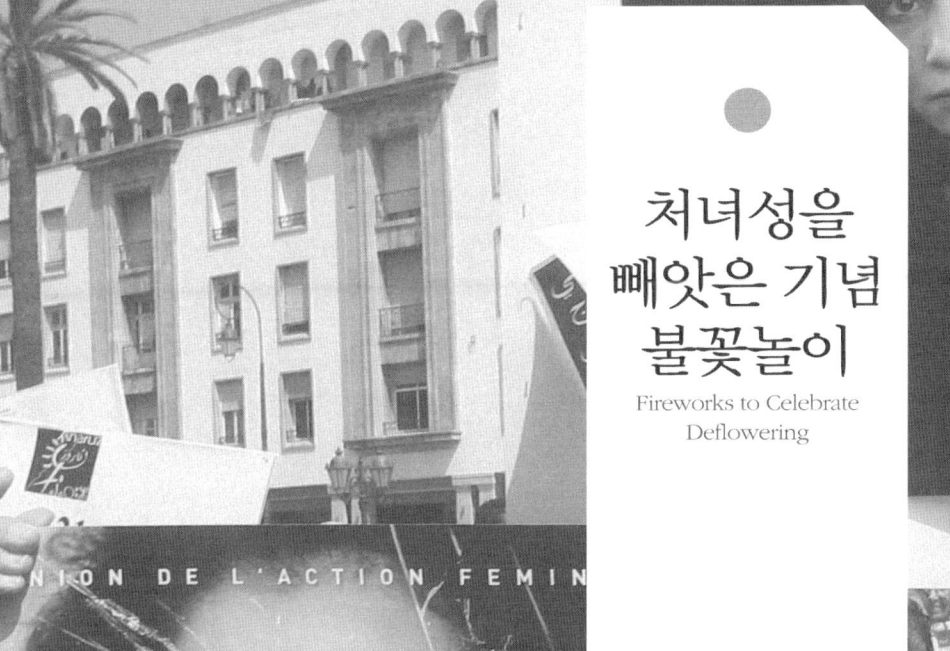

처녀성을 빼앗은 기념 불꽃놀이
Fireworks to Celebrate Deflowering

나디아 알코카바니
Nadiah Alkokabany

The Way to Poppy Street And other short stories by 20 Arab Women writers

처녀성을 빼앗은 기념 불꽃놀이

자신이 하는 일이 그 아이를 망가뜨리고, 감정을 짓밟는다 해도, 또 한 소녀가 표현하거나 꿈꿀 수 있는 감수성을 죽이고, 그 아이의 삶에서 가장 소중한 기쁨을 빼앗을 거라는 사실을 알았다 해도, 그는 주저하지 않았을 거다. 왜냐하면, 솔직히 그의 딸이라는 사실에도 불구하고, 그 아이는 그의 생각 속에 들어 있지 않았기 때문이다. 그는 그 아이가 몇 번째 아내가 낳은 몇째 아이인지도 알지 못했다. 수 천 번 되뇌지 않고서는 알 수 없는 노릇이다. 셰이크(*Sheikh: 한 부족의 족장, 장로, 지도자, 또는 경전을 가르치는 선생이나 학자를 가리키는 존칭-역자주)는 여러 문제, 특히 부족이나 부족민과 관계된 문제에는 깊이 관여하고 있었다. 그러나 아이들 문제는 아이들의 위생과 영양, 그리고 교육을 전담하는 하인들 소관이었다.

그래서 셰이크가 아이들 교육에 신경을 쓴다는 게 오히려 이상했다. 그는 자기 아이들이 모두 교육을 받기 원했고, 아들보다 딸이 더 많이 배우기를 원했다. 그것도 가장 위대한 학자 밑에서 배우고, 학교에서는 수사학과 문법, 그리고 화술도 배우길 원했다. 그러나 그의 딸을 흠모하는 연서가 그의 손에 들어왔을 때 다른 모든 것은 안중에 없었다. 그 편지는 자기 이름과 성격, 외모를 밝히고 싶어 하지 않는 어느 젊은이가 보낸 것이었다. 그는 셰이크의 딸이 자기를 알지 못하기 때문에 자신을 밝히려 하지 않았던 것이다. 어디서 쐈는지는 모르겠으나 그 편지는 활에 꽂혀서 그 아이 방으로 들어왔다. 그 아이가 바깥출입을 할 때는 반드시 누군가와 동행한다는 사실에도 불구하고 셰이크는 단 한순간도 그 아이가 진실을 말할 수도 있다는 생각을 하지 않았다. 그는 이 저주스런 편지가 어떻게 그 아이에게 전달되었는지 하녀에게 물어볼 생각조차 하지 않았다. 불쌍한 딸은 아직 그 편지를 읽어 보지도 못했다. 그 편지에 그녀의 이름이 언급되었다는 사실만으로도 그녀는 이미 죄인이었다. 그 아이의 이름이 구겨지고 편지 내용은 흐릿하게 지워져 있어도

이 문제는 더 조사해야 했다. 그는 열 살도 채 안 된 죄인인 딸을 찾았다. 그 아이는 집 앞에 있는 여성구역에서 친구들과 놀고 있었다. 마치 벌레를 집어 올리듯이, 그는 그 아이의 목을 움켜잡았다. 충격을 받아 당황한 아이는 질문은커녕 말조차 할 수 없었다. 이제 시작된 악몽에서 깨어날 기회도 없었다.

부족의 족장이며 그 아이의 아버지인 이 엄청난 산 같은 존재가 그 아이를 덮친 것이다. 그 아이의 처녀성에 대해, 그 아이가 그 순간까지 있는지도 몰랐던 그 염병할 처녀막이 온전한 지 확인하기 위해서, 그는 아이의 속옷을 벗기고 아이를 조사했다. 병에 걸려 약해지지도 않고 나이가 들어도 여전한 자신의 남성성을 과시할 때마다 쉽게 찢어지곤 했던 그 처녀막. 그는 자기 마을과 이웃 마을에서 가장 예쁜 아가씨들과 일 년에 평균 두 번 정도 결혼을 했다.

그 불쌍한 아이는 입을 벌리고 눈이 휘둥그레진 채 무슨 일이 벌어지는지 알지 못했다. 이제 사랑을 시작해서 연모의 편지를 받은 이 비참한 아이가 절대 더럽혀서는 안 되는 그 아이의 정절을 거듭 확인하기 위해서 그는 처녀막 전문 감별사인 '무자이나'(*muzayyinah: 신부를 따라 신랑 집까지 동행해서 첫날밤이 치러지는 동안 방문 앞에서 기다리다가 처녀막이 찢어지면서 흐른 피가 묻은 천을 받아 신부의 가족에게 전달하는 역할을 하는 여인. 신부의 집에선 그 증거를 받은 후에 잔치를 벌이게 된다.-역자주)를 속히 불러들였다. 만약 그 아이가 정절을 더럽혔다면 그는 그 아이를 죽였을 거다. 그래도 누구도, 심지어 그 아이를 낳은 어미도 그에게 반감을 갖거나 질문을 하지 않았을 거다. 그 아이의 엄마는 결혼한 후 내내 셰이크에게 정신없이 빠져 있어서, 영원히 그의 보호를 받을 네 명의 영구 부인 중 하나가 되기 위해서는 무슨 일이든 하려는 여자였다. 전문가가 그 아이의 처녀막이 보존되어 있으며 완전한 처녀라는 희소식을 전해 와 셰이크를 안심시켜 주자, 그 어미는 뱃속 깊숙이부터 혀 떠는 소리를 크게 내며 기뻐했다.

이 모든 검증에도 불구하고, 셰이크는 완전히 만족하지 못했다. 아주 사소한 일조차 그에게 뭔가를 확신시킨다는 것은 매우 어려운 일이었다. 그러니 사안이 은밀하고 은닉된 행위에 관한 것일 때 그의 행동이 어떨지 상상해 보라. 그는 바로 그 자리에서 이 불확실한 것을 단번에 매듭지으려 그 딸을 가능한 한 빨리 시집보내기로 작정했다. 바로 그 다음 날! 누구에게? 그 아이의 처녀성 검사에 실수가 있었거나, 처녀막 감별사가 셰이크에게 받을 벌이 두려워 거짓을 고했을지라도 입 간수를 잘 할 수 있는, 그의 각별한 추종자 중 한 사람에게.

그 아이가 침실에 갇혀 신랑을 맞이할 채비를 하는 동안, 셰이크의 딸이 결혼한다는 소식이 온 부족에 퍼져나갔다. 아버지의 조사로 인해 갑작스런 충격을 받은 그 아이는 이제 또 다른 충격에 휩싸였다. 알지도 못하는 남자와 단 둘이 남겨진 방문이 잠긴 것이다. 그 남자는 셰이크의 개인 수행원이었고 이름만 겨우 들은 적이 있었다. 그가 춤을 추는 듯한 걸음걸이로 자기에게 다가올 때의 충격, 사람들이 문 밖에서 엿듣고 있다는 충격. 셰이크가 문 밖에서 기다리고 있는 일을 그 남자가 다음 날로 미루기로 결정하기 전까지 그녀를 만지고 처녀성을 희롱하면서 그녀의 눈물을 연민으로 받아준 그 남자의 행동으로 인한 충격.

"자네 미쳤나? …… 단 한순간도 미루지 말라고, 이 등신 같은 놈!"

그렇게 셰이크는 문을 박차고 들어와 그의 면전에 대고 소리치면서 이 반역자를 동아줄로 묶으라고 명령했다. 그는 자기 손으로 직접 딸아이의 손과 발을 붙들고, 아무도 듣지 않는데 살려달라고 소리치는 그 아이의 비명소리를 즐기며 들었다. …… 그리고 최대의 고통으로 그녀에게 상처를 주었다. …… 그는 자기 눈으로 붉은 피가 쏟아지는 것을 직접 확인하기 위해, 자기 앞에서 그 아이를 강간하라고 보좌관에게 지시했다. 마침내 그는 자신이 그토록 바랐던 것을 보았다. 그 아이의 깊은 곳에서 쏟아져 나오는 뜨거운 피를.

그는 기쁨과 행복감, 만족과 자부심을 보이기 시작했다! 마침내 처녀막이 파괴되었다. 하루 반 동안, 정확히 말하자면 그 망할 놈의 편지가 손에 들어온 때부터 그의 기분을 망치고 끔찍한 의심으로 그를 짓눌렀던, 존재와 부재가 다 그를 당혹케 했던 그 처녀막이!

이제 그는 기뻐 날뛰며 정결하고 순결한 그의 딸에게 와서 입을 맞추고는 자신이 저지른 일을 사과했다. 자기 아이가 자기를 저버리지 않았다는 사실을 확인하기 위해 필요한 일이었다고, 마치 그녀의 뜨거운 피 속에 부족의 모든 기대가 고동치고 있는 듯 아직도 두려움으로 떠는 그 아이와 그 아이의 몸에게 사과했다. 그는 이 경사스러운 일을 축하하기로 결정했다. 마을과 산 위, 그리고 천국에서 두 걸음 아래에 걸려 있는 하늘을 엄청난 불꽃놀이로 수놓으라고 명령했다.

먼 곳에 사는 부족민이 속속 도착하고 라이플총 소리에 귀가 먹먹해질 때까지, 반나절 동안 여인들의 혀 떠는 소리가 지속되었다. 그의 얼굴을 바라보는 그 아이의 얼굴엔 쓰디쓴 고통이 역력했다. 그러나 그에게 그 아이는 안중에도 없었고 그의 얼굴에 고정된 그 아이의 시선에도 그는 아무렇지 않았다. 그 아이의 순결을 확인한 이후, 문제되는 것은 아무것도 없었다.

산 위 하늘을 온통 메운 불꽃놀이의 불협화음이 한창일 때, 그는 그 아이의 여덟 살짜리 여동생도 자기 부하 중 하나에게 시집보내서 이 일을 마무리 짓겠다고 결심했다. 단 여덟 살짜리 아이가 열여덟 살이 되기 전에는 합방해서는 안 된다는 조건으로. 그는 이런 불안을 다시는 겪고 싶지 않았던 것이다.

여덟 살짜리 아이의 순결을 지켜줘야 하는 짐을 진 그 남자는 4년도 버티지 못했다. 어느 날, 그 아이의 여동생은 자기가 그 남자의 점심을 갖다 주러 갔을 때 그 남자가 들에 있는 '마흐라스'(*mahras: 약효가 있는 캇을 재배하는 들판에 위치한 작은 처소. 재배지에는 사람들이 교대로 보초를 서고, 그 보초의 식사는 그곳으로 배달되었다.-역자주) 안으로 자기를 데리고 들어가더니 허벅지 사이를 아프게 했다고, 그래서 피가 났는데 너무 어두워서 무얼 가지고 아프게 했는지는 알 수 없다고 아주 차분하고 순진하게 셰이크에게 말했다. 셰이크는 이 반역자를 오래도록 찾았지만 그의 얼굴을 다시는 보지 못했다. ……

■ 유정화 역

도전
Challenge

후자마 하바예브
Huzamah Habayeb

The Way to Poppy Street And other
short stories by 20 Arab
Women writers

도전

　세상에나, 그는 정말로 키가 크다. 그에게 인사하기 위해 그녀는 고개를 뒤로 크게 젖혀야만 하고 그 역시 큰 몸을 숙여야 한다. "애야, 잘 있었니?" 하며 그가 인사말을 건넨다. 마치 그의 목소리가 저 멀리 산 정상에서 아련하게 들려오는 것 같다고 그녀는 생각한다. 그녀의 손이 이내 그의 큼지막한 손안으로 빨려 들어간다. 길고 통통한 그의 손가락이 어린애 같은 그녀의 손가락을 부드럽게 건드리다가 이내 그녀의 손이 큼지막한 손안으로 파묻히게 되는 것이다. 그녀는 두 손이 영원히 그 상태로 있었으면 하고 생각한다. 의자에 앉아 등을 기대면 그의 모습이 더 크게 보인다. 마치 큰 의자가 작아 그의 몸이 의자 밖으로 넘치는 것 같고 다리를 꼰 채로 앉아 있는 그의 허벅지는 더욱 큼지막하게 보인다.

이렇게 보이는 것이 그가 지나치게 장신이기 때문만은 아니다. 분명히 다른 이유도 있는데, 이는 그의 통통한 몸매 때문이다. 그는 귀엽고 나무랄 데 없이 골고루 통통한 몸매를 하고 있었다. 날씬한 두 다리가 이상해 보일 정도로 배가 나온 것도 아니고 넓은 어깨 사이로 수줍은 듯 내민 목도 그다지 약해 보이지 않는다. 그렇다고 빈약한 가슴에 비해 머리가 지나치게 큰 것도 아니다. 나이에 비해 눈에 띌 정도로 허약해보이거나 몸매가 처져 보이지도 않는다.

그녀는 의자에 앉아 그 사람을 마주하고 있다. 그 사람처럼 다리를 쭉 뻗고 앉아 있고 싶지만 그러기에는 그녀의 다리가 너무 짧다. 아니 의자가 다소 높은 편이다. 하지만 큼지막한 소파 속으로 그녀의 조그만 몸이 푹 파묻히는 것보다는 차라리 이게 낫다. 다시 다리를 뻗어 보지만 역시 바닥에 닿지 않는다. 그녀는 다시 불타는 듯한 빨간 색의 샌들 밖으로 발가락을 쭉 뻗어 본다. 그러면서도 의기양양하게 다리를 포개 앉아보려 애쓴다. 이제는 등이 의자 끝 모서리에 닿을락말락할 정도이다. 다리는 좀 더 길어 보이고 한 다리로 다른 한 다리를 꼭 누르고 있어서 자신의 허벅지가 좀 더 커 보인다.

그녀는 아버지와 얘기를 나누면서 끊임없이 움직이는 그의 손동작도 따라 해본다. 그는 동그라미를 그리듯 손을 움직이며 어떤 곳을 설명하려 하는지 사각형 또는 직사각형 모양을 그려댄다. 이야기를 계속하며 손을 옆으로 펼치다가 다시 손을 모아 컵 모양을 만들기도 하고 다시 손을 흔들거나 펼치기도 한다. 손가락을 꼬다가도 왼손 위로 손가락을 펼치고는 새끼손가락에 낀 반지를 매만지기도 한다. 엄지손가락으로 귓불을 매만지다가 검지손가락으로는 후덕한 얼굴 위에 멋지게 조각해 놓은 것처럼 보이는 뾰족한 코끝을 비빈다.

그는 가볍게 웃다가도 껄껄 대며 웃는다. 그럴 때면 얼굴이 밝아지면서 입을 크게 벌린다. 몸을 뒤로 젖혀 웃을 때는 가슴과 배 근육이 물결치듯 움직인다. 어깨를 위아래로 들썩 거리면 마치 몸 전체에 퍼지듯 온몸이 흔들린다. 바닥에서 떠 있는 한쪽 다리는 마치 춤을 추듯 가볍게 움직인다. 긴 한숨을 내쉬기도 하고 콧수염을 쓰다듬기도 한다. 다시 헛기침을 하다가도 눈물방울이 비칠라 하면 이내 손끝으로 훔친다. 그는 말끔하게 면도한 턱을 두툼한 손바닥에 고이고는 소파 오른편에 기대어 앉아 있다. 깔끔한 성격의 사무직을 하고 있는 듯 그의 손톱은 하얗고 부드러운 상아색을 하고 있다. 아버지가 하시는 말씀에 동의를 표할 때는 고개를 끄덕이며 관심을 표시한다. 이야기 도중 당황한 경우에는 눈을 크게 뜨거나 가늘게 하면서 놀라움을 표시한다.

아버지가 방을 나간 후에는 그녀는 더 이상 그를 마음껏 쳐다볼 수가 없다. 이제는 그 사람이 자기를 쳐다볼 차례가 된 것이다. 그는 그녀를 똑바로 쳐다보기 위해 자세를 고쳐 앉는다. 그는 그녀 또래의 소녀와 한 방에 있게 된 상황에서 보통 하는 그런 질문을 그녀에게 던진다. 그녀는 "제 이름은 라샤구요, 열 네 살이에요"라고 대답한다. 손바닥을 벌리면서, '네'라고 대답한다. "우리 반에서 제가 일등이에요."라고 말할 때는 손바닥을 컵 모양으로 만들면서 검지손가락을 위로 뻗는다. "8학년이에요."라고 답하면서 자신의 귓불을 매만진다. 이제 손바닥을 가슴 위에 얹고는 "영어 선생님이 저를 좋아해요. 산수 선생님도요."라고 말한다. 어깨를 움츠리며, "내년에는 성년이 된 학생들을 교육하는 다른 학교로 전학을 갈 거예요"라고 말하며, 특히 '성년'이라는 말에 힘을 주어 말한다. "8학년이 최고 학년이에요."라고 말할 때는 '8학년'을 강조하며 두 손가락을 꼬면서 이야기한다. 그리고는 머리를 위로 들고 등을 곧추 세우면서도 바닥에서 다리가 떨어지지 않도록 앞으로 쭉 편다.

그가 찻잔을 입술에 갖다 대자, 뜨거운 차에서 나오는 김이 코밑에서 수증기 방울이 된다. 그는 조금씩 마시다가 이내 길게 한 모금을 마신다. 그녀도 찻잔을 들어 입술에 댄다. 여느 때처럼 차가 식기를 기다리지도 않는다. 두 사람이 눈길이 마주치자 그가 미소를 짓는다. 그녀는 이 모습에 용기를 얻는다. 잠시 뜨거운 김이 그녀의 코밑에서 수증기가 된다. 그녀는 잠시 머뭇대면서 그만둘까 하고 생각한다. 가슴 앞으로 찻잔을 들고 있는 그는 이내 빠르게 두 번 차를 마신다. 그녀는 다시 찻잔을 들어 입술에 갖다 댄다. 그리고는 눈을 감고는 얼른 마셔 본다. 뜨거운 열기 때문에 그녀의 아랫입술이 뜨겁다. 다시 길게 한 모금 마셔본다. 고통스러운 나머지 그녀의 눈이 뜨끔거린다. 입안에 모인 열기 때문에 부드러운 입천장이 뜨겁다. 그녀는 비명을 지르고 싶지만 꾹 참아낸다. 마침내 고통을 이겨내고 눈가에 고여 떨어지려는 닭똥 같은 눈물방울을 참아낸다. 그녀는 데인 부분에 혓바닥을 대고 조심스럽게 굴려보다가 벗겨진 부분을 치아 있는 쪽으로 밀어다가 다시 입술 위에 살짝 올려놓는다. 그리고는 그가 안 볼 때 살짝 접시 끝에 뱉어놓는다. 그들의 시선이 다시 교차한다. 그가 짧게 차를 마시자 그녀도 즉시 따라 한다.

그는 결코 아무 것도 알아차리지 못 할 것이다. 그녀는 아랫입술에 혀를 갖다 대다가 이내 입안으로 혀를 굴린다. 그는 이밖에도 많은 것을 눈치 채지 못할 것이다. 그녀는 가슴을 내밀며 서서히 식어가는 차를 길게 한 모금 마신다. 그는 결코 알아채지 못 할 것이다. 그녀가 일등이 아니라는 사실도, 이제 열두 살밖에 안 되었다는 사실도, 이제 8학년이 아니라 6학년밖에 안 된다는 사실도

그녀는 다시 길게 차 한 모금을 마시고는 다시, 그리고 또 다시 한 모금 마신다.

■ 윤교찬 역

뉴스 앵커가 한 말
What the newsreader said

갈리아 카바니
Ghalia Kabbani

The Way to Poppy Street And other short stories by 20 Arab Women writers

뉴스 앵커가 한 말

갑자기 조용해졌다. 마치 승객이 전혀 타지 않고 운전기사도 없이 차가 저절로 굴러가고 있는 것 같았다. 한 사람 목소리만 들렸다. 그는 화난 교사가 말을 잘 안 듣는 학생들을 향해 말하는 것처럼 단정적인 목소리로 말했다.

불쑥 그 목소리가 들리자 그동안 조용히 소곤거리던 대화가 뚝 끊겼다. 그 목소리는 고민, 즉 개인적인 고민을 고백하는 것처럼 들렸다.

"이 방송은 ……에서 하는 겁니다."

그리고 뉴스를 요약했다. 함께 탄 다섯 명 모두에게 주목하라고 명령하는 목소리였다. 서로 모르는 다섯 명은 불안해져서 잔뜩 겁을 먹고 그 목소리에 집중해 자세히 뉴스를 들었다.

이런 공포가 덮치기 10분 전에는 이랬다. 쇼핑 지구의 한 거리에서 젊은 여자 둘을 태우기 위해 택시가 멈추었다. 그 여자들은 뒤쪽 오른편 문을 열고 차 안으로 들어왔다. 그 여자들은 지쳐서 금방이라도 쓰러질 지경이었다.

막 택시가 떠나려는데 승객이 한 명 더 끼어들었다.

"……로 가나요?"

택시기사는 젊은 여자들을 향해 고개를 끄덕이는 것으로 대답을 대신했다.

"합승해도 괜찮으시겠어요?"

젊은 여성 중 하나가 운전사 옆에 앉은 승객에게 대답했다.

"더 이상 택시라고 할 수도 없겠네요. 이제 목적지가 세 군데나 되니."

그 젊은이는 그들의 동정심에 호소했다.

"전 꼬박 한 시간이나 기다렸어요. 혼자 탈 수 있는 택시가 한 대도 없어요."라고 그가 말했다.

그 두 여자가 동시에 말했다.

"타세요."

그는 문을 열고 젊은 여자들과 그들의 물건 옆에 억지로 끼여 앉았다. 택시가 떠났다. 승객들은 모두 시내에서 택시잡기가 얼마나 힘든지에 대해 이야기한 다음 각자 대화를 이어갔다. 운전기사와 앞자리 승객은 차 이야기를 하다가 이어서 차 고장 이야기를 했다.

차가 끝없이 고장이 난다며 수리비가 얼마나 드는지에 대해 말했다. 뒷자리의 젊은이가 가끔씩 그 이야기에 끼어들었다. 젊은 여자들은 서로 속삭였다. 한 여자가 개인적인 고민을 이야기하고 있었다. 어쨌든 아무도 그 대화에 끼어들지 않았다.

그러나 승객 다섯 명 모두 다른 사람 말이 거슬리지 않았다. 그리고 라디오에서 들리는 가수 움 쿨툼의 노래가 적절한 배경 음악이 되어 웅얼거리는 대화를 감싸는 방음벽 역할을 했다.

이것은 모두 뉴스 앵커의 목소리가 끼어들기 전의 상황이었다. 앵커는 바로 자신들의 나라에서 그동안 일어난 주요 사건을 보도했다.

"정치적인 문제로 광범위한 구속이 있었습니다. …… 국제 앰네스티는 재판을 거치지 않고 수많은 사람들을 수년간 구금한 데 대해 항의해왔습니다. …… 그리고 ……"

이 침묵은 설명할 길이 없어 보였다. 외국 방송의 앵커 목소리가 사라지고 지역 뉴스로 옮아갔는데도 승객과 운전기사 모두 아무 말도 하지 않았다. 자 그럼, 이제 이 침묵을 그럴싸하게 설명해 보도록 하자. 그 운전기사는 라디오 주파수를 바꾸려 들지 않았다. 지난 몇 년간 그는 미래에 책임져야 할 일을 전혀 해본 적이 없었다.

이 순간 그가 무엇을 해야 했을까? 지금 앵커가 한 말은 모두 거짓말이고 꾸며낸 말이라고 욕설을 퍼부어가며 상황을 역전시켜야 했을까? 하지만 그는 이 외국인 뉴스 앵커가 비록 간접적이긴 하지만 진실을 말하고 있다는 것을 아주 잘 알고 있었다. 아니면 라디오를 그대로 틀어 두어야 했을까? 그랬다면 승객 중 한 명이 국가에 대한 비방이 퍼져나가는데 공모했다며 그를 당국에 고발했을 것이다.

네 명의 승객은 창밖을 내다보았다. 그들은 모두 자신들이 어딘가로 도망쳐버릴 수 있기를, 즉 이 어색한 상황에서 멀리 떨어진 어딘가로 사라져버릴 수 있기를 바랐다. 어떤 반응을 보여도 택시 안에서는 운전기사의 거울에 비춰지거나 다른 승객의 눈에 띄게 되어 있었다.

두 여자마저도 더 이상 개인적인 고민을 주고받지 않았다. 그들은 눈빛 속에 자기 마음이 드러날까 봐 서로 눈길조차 주지 않았다. 두 여자는 상대방의 마음속 깊이 있는 생각까지 모조리 읽어내는 데 익숙했기 때문이다.

뒷자리의 젊은이는 여러 해 전에 실종된 형을 기억했다. 긴장을 풀기 위해 그는 호주머니에 손을 넣고 호주머니 속의 물건을 만지작거렸다.

자, 그러면 이 사건이 단편소설의 주제로 적절하다고 생각하시나요? 내 말은, 택시 안에 다섯 명이 타고 있는데 갑자기 침묵 속에서 서로를 비난하게 된 상황 말입니다. 이들은 다른 사람이 배신해서 비밀경찰에 자신을 고발할 거라고 서로를 의심하죠. 아무 근거 없이 단지 공포심 때문에요. 그리고 외국 뉴스 앵커가 그들의 영혼을 꿰뚫고, 일상적인 관심을 얼어붙게 하고, 공포와 도피의식을 불러일으키는 바람에 이런 상황이 된 거죠.

이건 어떤 특수한 정권을 비난하는 정치기사에 더 적합한 사건이 아닐까요? 승객 네 명과 운전기사 한 명, 도합 다섯 명이 함께 탄 택시 안에서 이런 일이 벌어졌으며, 그들 모두 개인적인 신념을 포기하고, 뉴스 앵커의 목소리에서 뿜어져 나오는 서치라이트를 피하기 위해 마음속 깊이 은밀한 곳으로 도피했다고 말한 다음 계속 소설을 써내려 갈 수 있을까요?

그 순간, 그들은 자신들의 심장 한 모퉁이가 쿵쾅대며 두근거리는 소리에 모두들 화들짝 놀라 있었다.

■ 조애리 역

공허(空虛) 대장 각하

정오 조금 지나서 나는 고모 댁에 갔다. 고모의 건강 체크를 위한 방문이었다. 친척 방문 때면 으레 그렇듯이 혈압계도 챙겨 갔다. 고모의 병은 확실치 않았다. 항상 아프기는 한데 아픈 곳이 항상 다르고, 또 그 증상도 매번 달랐다. 고모는 이미 의사에게 다녀왔다. 그 의사는 물론 친척이 아니었다. 그러나 한도 끝도 없는 고모의 불평과 앓는 소리를 받아주다 보니 이제 거의 친척이나 다름없게 되어버렸다.

고모부와 사촌들도 집에 있었다. 사촌들은 숙제를 하고 있었고, 퇴역 대령인 고모부는 TV를 보고 있었다. (방송에서는 낙서에 관한 낸시 아즈람(*Nancy Ajram(1983~). 레바논 출신 여가수. 현재 아랍의 최고 가수 중 한 명이다. 이 노래는 벽에 낙서하는 아이에 대한 노래인 <Shakhbat

Shakhabeet>으로 추정된다-역자주)의 애국적 노래가 흘러나오고 있었다.) 내가 집에 들어가자 고모부는 갑자기 TV를 껐다. 그리고는 마치 그 노래가 죽어가던 애국심의 불씨를 되살리기나 한 것처럼 임시군 사령관에게 보내는 편지를 꺼내더니 내게 그것을 손 봐 달라고 했다.

그는 카드를 탁자에 내려놓고 내가 쓸 편지가 자기 인생에서 가장 중요한 편지라고 말했다. 그리고는 좋은 글씨체가 진리를 더 돋보이게 만든다면서 내 글씨가 멋지고 문장도 수려하다고 했다. 그렇게 말함으로써 자기 아들들이 글을 제대로 읽고 쓰지 못하는 것을 감추려는 것 같았다. 사실 사촌들은 학교 성적이 시원찮았다.

어쨌든 내 글씨체에 관한 고모부의 말은 사실이었다. 나는 열심히 노력하여 의과 대학을 졸업했다. 진리를 더 돋보이게 만든다는 나의 좋은 글씨체는 결국 오랫동안의 독서와 글쓰기의 결과에 다름 아니었다. 그동안 나는 아버지가 사주신 수많은 펜과 종이를 소모했다. 우리 아버지는 부자도 아니고, 수입도 시원찮았지만 그럼에도 불구하고 우리 형제들을 모두 교육시켰다. 사실 구시가지 길바닥에서 행상을 하던 아버지가 파는 물건들은 전부 시원찮은 것뿐이었다. 그래서 시 상공회의소조차 그런 정도는 굳이 가게가 없어도 된다고 결정했던 것이다.

나는 고모부에게 그러겠노라고 말하고 가방과 혈압계를 내려놓고 앉았다. 고모부가 초를 잡아놓은 편지는 형편없었다. 구걸과 애

원으로 가득한 그 편지의 요점은 정부가 명예로운 혁명 이후 33년 간 군인으로 복무한 고모부의 공적을 인정하여 그에게 땅 뙈기와 자동차와 농장을 하사해달라는 것이었다. 그 비굴한 어조는 대령까지 지낸 군인이 아니라 스파이에게나 어울림직한 것이었다.

나는 편지를 쓰기 시작했다. 고모부는 거만한 태도로 자신의 공적을 떠벌렸다. 그가 핏대를 올릴 때마다 큰딸은 냉수를 가지고 왔다. 집안 대대로 고혈압과 당뇨병이 있는 만큼 조심해야한다는 것이었다.

"나쁜 놈들만 이익 보는 세상이에요. 썩어 빠진 놈들이 죄다 가져가고 아버지처럼 자수성가한 좋은 사람들은 음지에서 죽어가니까요."

딸의 말에 그는 다소 진정이 되었다. 그의 죽음을 거론한 점만 빼면 아주 기분 좋은 말이었으니까 말이다. 그는 한쪽 다리를 잡아 당겨서 다른 쪽 다리 아래 집어넣었다. 그리고는 자수성가한 사람이라는 말에 감동을 받은 듯 요구와 청원의 강도를 조금 누그러뜨렸다. 사실 그는 오만가지 요구를 다했고 그중에는 매우 우스꽝스런 것도 있었다.

"너 제대로 썼니? '전쟁 이후, 저는 아무 것도 받은 것이 없습니다.'라고 말이야."

"네, 썼어요."

"이렇게 써. 위대한 영도자 사령관 각하, 각하께서는 제 동료들에게 메달과 보조금을 하사하셨고, 농장과 자동차와 땅 뙈기와 메카 순례 여행까지 공짜로 주셨습니다. 하지만 제게는 아무 것도 주시지 않으셨습니다."

"잠깐만요, 고모부. 그건 5쪽에 이미 썼어요. 군대 주둔지였다가 미사일 기지로 바뀐 땅에 대해 위대한 영도자 사령관님께 말할 때 말이죠."

"그럼 파테흐 병영 얘기를 쓰렴. 고급 장교들이 각자 나눠가지고 세관의 도둑놈들에게 팔아먹은 그 땅 말이야. 이렇게 쓰라고 '각하께서는 자신의 눈을 믿을 수 없으실 겁니다. 이름은 아직 중동식이지만 실제로는 중동 속의 미국이 된 걸 보시면 말입니다.' 괄호 속에 '도둑 촌'이라고 써넣어."

"하하, 그건 고딕체로 썼어요."

그는 고개를 돌려 도둑이라는 글자를 찾느라고 종이를 찬찬히 훑어보았다. 마침내 '도둑'과 '도둑 촌'이 눈에 띠자 그는 나를 칭찬했다. 위대한 영도자 사령관님께 보내는 편지에 그 말을 매우 잘 썼다고 말이다. 그러고는 자기 아내와 자식들에게 이렇게 말했다.

"참 웃기잖아. 그놈들, 정말 도둑 같아 보이는군. 참 잘 썼어. 정말이지, 좋은 글씨체는 진리를 더 돋보이게 만드는구면."

그러자 남편이 요점에서 빗나가는 것을 감지한 고모가 끼어들었다. 그녀는 의사에게서 받아온 약 봉지들을 요리조리 점검하는 중이었다.

"여보, 그 두 가지가 서로 무슨 관계가 있다고 그래요? 당신 요구 사항에만 집중해요. 그게 좋아요."

"그런가?"

그는 손가락으로 머리칼을 빗질하면서 나를 바라보았다. 그리고는 "고모 말대로 해"라고 말했다.

나는 고모부의 지시에 따라 탄원서를 썼다. 한 시간 반 동안 종이를 한 다발이나 없애고, 펜도 두 자루나 썼다. 첫 번째 펜은 6학년 학생인 살렘의 것이었다. 여섯 시가 되자 그는 펜을 돌려달라고 했다. 자러 가기 전에 펜을 책가방 속에 넣어두려는 것이었다. 그렇지 않으면 펜 없이 학교에 가야할지도 몰랐다. 두 번째 펜도 첫 번째 것과 비슷했다. 다만 그 소유주가 중학교 2학년인 나질라라는 점만이 달랐다. 펜을 빌려주는 바람에 그녀는 하던 숙제를 중단해야했다. 자동차, 농장, 파테흐 병영 근처에 있는 땅 뙈기, 그리고 파테흐 병영 내에 있는 근사한 주택을 갖게 된다면 그쯤이야 대수랴 싶었다. 게다가 그런 주택에서 살게 되면 자기 방도 따로 가질 수 있을 터였다.

이제는 그 의미가 바뀐 축제인 이드 절(節)(*라마단이 끝나는 것을 축하하는 축제-역자주)의 방문이 끝나고 집으로 돌아오는 길에 나는 퇴역 대령인 고모부가 탄원서에 서명하던 장면을 회상했다. 그는 기쁨에 넘쳤다. 자신의 탄원이 받아들여질 것을 믿어 의심치 않았던 것이다. 알라신이 그를 위해 위대한 영도자 사령관을 움직여주고, 또 탄원서 속에 담긴 사령관에 대한 사랑을 설명해줄 것이라고 믿었다. 그러면 사령관은 곧 바로 허가서에 서명을 할 것이었다. 탄원서를 보내고 나서 허가가 나는 데까지 십이 년 이상은 절대로 걸리지 않을 것이다. 알라신의 도움도 있지 않은가!

탄원서가 완성되어 서명까지 끝나자 고모부의 흥분도 가라앉았다. 큰딸이 물 반잔과 알약 하나를 가지고 왔다. 고모부는 천천히 약을 삼키고 TV에서 멀리 떨어진 방구석으로 물러났다. TV에서는 이제 노래 같은 것은 나오지 않았다. 다만 매일 같이 우리 삶을 침범하고 방해하는 사람들의 연설만이 이어질 뿐이었다. 고모부가 구석으로 물러나는 모습에서 그의 어깨를 짓누르는 과거의 지위가 느껴졌다. 그 자리에서 물러난 지금, 그는 과거의 무게에서 해방되고 싶어 하는 것 같았다. 마치 자기가 근무한 곳이 전쟁부가 아니라 농업부나 주택부였다고 생각하고 싶어 하는지도 몰랐다.

나는 내 글씨체로 진리를 더 돋보이게 만들기 위해 애를 썼다. 그럼에도 불구하고 나는 확신했다. 위대한 영도자 사령관님께서는 퇴역 장교들로부터 받은 수많은 탄원서에 조금도 관심을 기울이지 않을 것이다. 그렇지 않다면 왜 위대한 영도자께서는 여러 도시에 땅을 사서 쇼핑센터나 상업용 건물을 짓겠는가? 만일 임시 (말로는 항상 임시라고 한다) 영도자께서 진실로 군인 중심의 사회를 원하신다면 말이다.

내가 탄원서를 쓰고 있는 동안 영도자께서는 풍요와 안락 속에서 주무시고 계시거나, 아니면 대추야자가 익기를 기다리시거나, 그도 아니면 이라크의 미군 사령관처럼 자기와 비슷한 사람에 대해 이야기하고 있었을 것이다. 이것 역시 사하라 분리주의자들과 전쟁을 할 당시 그가 저지른 짓거리와 같은 웃기는 얘기에 불과할 것이다. 당시 그는 온갖 러시아제 무기를 사들였다. 심지어는 서사하라의 사라위족 군대를 궤멸시키기 위해서 군사용 잠수함까지 사들이려 했다. 그러자 러시아인들은 사막에서 싸우는 데는 굳이 잠수함이 필요하지 않다는 점을 지적했다. 물론 그에게는 위험한 바다를 항해하기 위한 특별 훈련을 받은 군인들이 있었고, 또 그들은 바다에 빠져죽는 것을 두려워하지 않았지만 그래도 잠수함은 불필요하다는 것이었다.

게다가 그는 자신의 영토에 관한 어느 정도의 인구학적 이해력을 갖추고 있었다. 그럼에도 불구하고 그는 잠수함을 몇 척이나 사들였다. 그 결과, 잠수함들은 바다에서 녹슬고 선체에는 바닷말이 무성하게 자라났다. 지배 계급 엘리트들의 환상 역시 마찬가지였다. 그리고 사람들은 잠수함 없이도 얕은 하수구에서 익사하였다. 결국 그는 여러 가지 바닷말들을 구별하기 위해 잠수함을 산 것이나 마찬가지였다.

신호 대기 중에 나는 핸들 위에 놓인 내 손을 바라보았다. 탄원서를 쓴 바로 그 손이었다. 내 가슴 속에 깊숙이 감춰져있는 어떤 사람, 즉 우리나라의 법을 보호하고 존중하는 나의 한 부분이 이렇게 질문하였다. 내 손이 행한 중요한 일 중에 내 신조대로 행한 것이 얼마나 될까?

어찌되었건 내 손은 조그맣고 힘도 없다. 내 눈이 제아무리 과거와 현재를 제대로 보는 통찰력을 가지고 있다하더라도 어쩔 수 없다.

나는 아버지가 인생의 대부분을 보낸 길모퉁이를 바라보았다. 탄원서를 찢는다고 해서 그것은 파괴되지 않는다. 다만 변형될 뿐이다. 그리고 그 행위는 화장실 휴지를 버리는 것과는 다르다. 왜냐하면 그 편지지는 고모부의 편지 수신인의 입장에서 보면 너무도 낮은 하층 계급 사람들에게 유용하게 쓰일 수 있기 때문이다.

신호등이 파란색으로 바뀌었다. 나는 신께서 아버지의 영혼에게 자비를 베푸시기를 기도하였다. 그리고는 그 오래된 거리를 떠났다. 도시의 뿌리는 오랜 세월 동안 흘린 땀으로 흥건하게 젖어있었다.

■ 이봉지 역

아무도 그걸 몰라
No One Knows That

하디야 후세인
Hadiyya Hussein

The Way to Poppy Street And other short stories by 20 Arab Women writers

아무도 그걸 몰라

　나는 30년 뒤 모서리가 떨어져 나간 나무 벤치에 걸터앉았다. 앞으로 보이는 광장은 텅 빈 것 같았고 건물 색깔은 바래어가고 있었다. 내 옷가방은 벤치 반대편에 놓여 있었고, 먹다 남은 음식이 든 가방이 옆에 있었다. 머릿속으로 기억나는 장면들을 골똘히 생각하면서, 이미 한창 봄이지만 잎이 떨어진 관목을 말없이 바라보았다. 분명 지금 보이는 것과 비슷하거나 유사한 장면은 보이지 않았다. 모두 다 낡고 닳아빠졌다. 나는 30년이 흘러 더 이상 젊지 않은 피부를 갖고 돌아왔던 것이다.
　암만(Amman)에서 바그다드(Baghdad)까지 태워다준 버스는 나를 여기 내려주었다. 승객이 몇 명 남긴 했지만, 대부분 내렸다. 버스 창문으로 밖을 내다보던 나는 버스를 내리기 전 잠시 주저했다.

"레볼루션 시티(Madinat al-Thawra, 마디나 알타우라)에 가고 싶어요." 나는 기사에게 이렇게 말했다.

기사는 아무 말 없이 나를 쳐다보았다. 나는 지명을 잘못 말했나 싶어, 방금 한 말을 반복했다. 그가 호기심에 찬 눈동자로 바라볼 때, 나는 사각형 모양의 광장에 내렸다.

많은 사람들이 서비스를 제공하고 있었다. 기사와 짐꾼, 유향과 물을 파는 어린애들. 모두 다 나의 기억이라는 옛 사전에서는 찾아보기 힘든 어휘를 재빨리 말했다. 그래서 나는 그 어휘를 구별하기 어려웠다. 그 사람들 얼굴은 낯설고 여위었다. 아마도 알라위(al-Alawi) 버스 정거장일 듯한 곳은 이전 설계와 닮은 구석이 없었다. 기사 조수가 짐을 다 내렸다. 승객이 모두 제각각 다른 방향으로 가버린 뒤에야, 나는 그 정거장을 조심스레 살피기 시작했다.

거리에 면한 네 개의 도로는 끝이 어딘지 도무지 알 수 없는 먼 거리에 연결되었다. 많은 경찰관이 1번 입구 옆에 서 있었고, 그쪽으로 가는 길은 콘크리트 벽에 막혀 있었다. 가방을 집어든 나는 아무도 쳐다보지 않았다. 의아한 얼굴을 보면 내 마음이 불편해질 것 같았기 때문이었다.

어떤 여자가 택시를 타려는 참이었다. 나는 그 여자에게 달려가 물었다. "레볼루션 시티로 가는 길 아세요?"

그녀는 아무 대답도 하지 않은 채 나를 바라보았다. 내가 한 질문을 이해하지 못한다는 표정이었다. 그래서 나는 다시 물었다. 하지만 이미 택시 뒷자리에 탄 그녀는 내게서 도망치듯 급히 문을 닫아버렸다.

　광장 주변으로 낮은 울타리가 둘려 있었다. 그 울타리 뒤로 건물이, 식당이나 싸구려 호텔이 보였다. 잠시 뒤 북쪽 코너에는 무섭게 담배를 피워대는 빼빼 마른 군인들이 가득 했다. 그들은 울타리 위에 쳐진 줄에 앉아 있었다. 그들은 서로 아무 말도 하지 않았다. 마치 그리로 오면서 이미 할 말을 다 해버려서 자신들을 데려갈 트럭을 마냥 기다리는 것처럼. 그도 아니라면 아마 그들은 혼잣말 하기에 바쁜 모양이었다. 머나먼 북쪽 부대에서 돌아온 그들은 남쪽 집으로 귀향하고 싶은 것인가? 아니면 부대로 귀환하는 중일까?

　10살 가량 되는 소년이 눈에 띄었다. 그는 무릎이 떨어진 커피색 바지와 자기 몸에 지나치게 큰 셔츠를 입고 있었다. 나는 가방을 열어 그 소년에게 오렌지와 비스킷 조각을 주었다. 그는 잠시 나를 계속 쳐다보더니 손을 내밀어 내 손에 든 것을 낚아챘다. 그리고는 막 도둑질이라도 한 것처럼 누가 자기를 볼세라 도망쳤다. 가끔 사람들이 입구 쪽 길에서 오더니 광장을 가로질러 다른 길로 갔다. 음산하고 초조한 사람들. 그중 두 남자가 시비를 걸기 시작했다. 한편 긴 빨강 머리가 치렁치렁 허리까지 내려오는, 반짝이 옷을 입은 여자가 서 있었다. 두 남자가 모욕하며 주먹다짐을 하는 동안, 그 여자는 2번이라고 쓰인 입구로 미끄러지듯 들어갔다. 시간이 빨리 흘렀다. 밤이 서서히 깊어 하늘과 모든 것을 뒤덮었다.

나는 혼잣말을 했다. "내가 어디 있는지 알아야 해. 그걸 알아내려면, 제대로 가고 있는지 알기 위해 몇 미터쯤 걸어야 할 거야. 원치 않는 결과에 노출되지 않으려면, 질문을 피해야 할 거야."

나는 가방을 들고, 아까 반짝이 옷을 입은 빨강머리 여자가 사라진 입구 쪽 길로 걸어갔다. 나는 좁은 길을 몇 개 지나서야 넓은 거리에 도착했는데, 그 거리는 중간 높이 기둥에 걸린 랜턴 덕분에 환했다. 랜턴에서 나는 불빛이 파라핀 때문이지, 아니면 그 랜턴이 실은 랜턴 모양의 전기등인지 알 수 없었다. '원칙의 고수와 위대한 승리'를 지지하는 몇몇 간판(signs)이 보였다. 랜턴기둥과 집의 정면에는 단호한 남자의 사진과, 야자수 가지와 색종이 장식이 걸려 있었다. 몇몇 집 창문에 불이 들어왔지만, 대부분 캄캄했다. 그 장면을 뚫어지게 쳐다보는 동안, 나는 진흙 울타리 뒤에서 짖어대는 개가 두려워서 사지가 얼어붙었다. 이런 상황에 대처할 용기는 별로 없었지만, 나는 그 개가 공격해올 경우에 대비하여 몇 발자국 뒤로 물러섰다. 중년 남자가 여러 채 집 중 한 집에서 나왔을 때, 나는 광장으로 돌아갈까 생각하던 참이었다. 그 남자를 부르려던 참에, 뭔가 깜박 잊은 것처럼 그는 방금 나온 집으로 재빨리 들어갔다. 한참이 지나도 그는 다시 나오지 않았다. 뭔가 잊어버린 게 아니었던 모양이다. 아마도 그는 아침까지 그 집에 머물기로 마음을 바꾼 모양이었다.

군인들이 점점 더 많아졌고, 잠시 뒤에 다른 사람들이 도착했다. 막 버스에서 내린 다른 승객들은 입구 쪽 길이나 줄지어 늘어선 택시 쪽으로 갔다. 나는 3번 입구로 걸어갔다. 가장자리가 돌로 된 보도를 지나자마자 나는 골함석으로 지어진, 다 부서져가는 집 몇 채 앞에 있음을 깨달았다. 그 집들에서 역겨운 냄새가 났다. 나는 몇 미터 걸어가면서, "그 운전기사가 내 말을 잘못 알아듣고 엉뚱한 데 내려줬나? 기사에게 레볼루션 시티로 가고 싶다고 했을 때 내 목소리는 아주 또렷했던 것으로 기억하는데."

사실 그 기사는 나를 이상하다는 듯 쳐다봤기 때문에 내 말을 잘못 알아들었을까봐 나는 다시 물었지만 그의 조수는 재빨리 짐을 내려주었고, 이는 30년 전 처럼 틀림없이 마지막 정거장이라는 뜻이었다. 도로들이 거기서 레볼루션 시티를 포함한 소도시들로 갈라졌다. 어느 곳도 알라위(al-Alawi) 버스 정거장이나 내가 이전에 알던 장소와는 연결되지 않았다. 사람들처럼, 도시들도 낡고 오래되었으며 변했던 것이다. 이즈음 일어난 사건 덕분에 그곳에서 일어났던 과거 사건을 충분히 잊을 만하다는 것을 나는 알았다.

나는 아주 캄캄한 복도로 과감하게 들어갔다. 그 복도 끝에 책상 하나가 놓여있었다. 그 책상 뒤에 병색이 완연한 젊은이가 앉아 있었다. 이미 '추억 호텔'이라는 간판이 눈에 들어왔다. 내가 들어서자 그 젊은이가 놀랐다. "방 하나 부탁해요!"라는 나의 요구에 그는 한층 더 놀랐다.

나는 하룻밤 자는 숙박료가 얼마인지, 어떤 서비스가 제공되는지 묻지 않았던 것이다. 나는 그저 몇 시간 동안 피곤하게 여행한 뒤 휴식을 취하고, 그 곳 구석구석 들어온 밤으로부터 자신을 구하고 싶었을 따름이다.

"여자는 들일 수 없습니다. …… 이곳은 군인에게만 신속한 서비스를 제공하는 호텔입니다."

나는 마땅한 대답이 생각나지 않았지만, 그 젊은이가 말을 이었다. "이 고장 사람이 아닌 것 같군요. 그렇다면 아침까지 머물 수 있습니다. 비록 명령을 어겨 그 벌로 해고당할지도 모르겠지만요."

나는 타향 사람이 아니고, 이 고장 출신이라고 말할 참이었다. 하지만 내가 말을 시작하자마자, 그의 맹렬한 기침이 시작되었다. 기침을 다하고 나서 그가 말했다. "선불입니다.……"

나는 100불짜리 지폐를 꺼냈다. 그가 나를 쳐다보았다. 하지만 그가 입을 열기 전에, 내가 먼저 말했다. "막 도착해서 잔돈 바꿀 시간이 없었어요."

그는 손을 내밀더니 떨면서 지폐를 받았다. 그러더니 책상 뒤에서 일어나 나를 방으로 안내해주었다.

독일 의사가 내 온몸에 나쁜 질병이 뻗어나가고 있다고 말한 이후, 나는 고향에 돌아가 가족들 무덤 옆에 장지를 마련하기로 결심했다. 이 순간까지는 향수라는 함정에 빠져본 적이 없었다. 나는 고향을 떠날 때 일부러 사진을 지니지 않았다. 사진을 보면 고통스런 기억이 더 심해질 것이다. 그래서 나는 고통스런 과거에서 저만큼 벗어나 인생을 시작하고 싶었다. 나는 서서히 죽어가는, 죽음으로 나를 좀먹을 모든 것에서 내 마음과 정신을 지킬 수 있었다. 나는 낯선 나라 이방인에게 익숙해졌고, 나중에는 외국어의 유창한 구사를 자랑하기 시작했다. 나는 직장을 얻었고 사랑도 했다. 나는 대가족을 이뤄 2차 걸프전 때 깨진 벽돌 아래 사라진 가족을 보상해 보겠다는 꿈도 꾸어 보았다. 나는 남편과 같이 10년을 지냈다. 하지만 아주 저명한 의사들이 몇 차례 애를 썼음에도 불구하고, 우리는 자식 없이 그저 단 둘이었다.

신은 이에 만족치 않고, 남편도 데려갔다. 나중에 신은 나로 하여금 추억 덕분에 지탱할 수 있게 변화시켰다. 그럼에도 불구하고, 나는 과거의 희생양이 되지는 않았다. 넘어지면 나는 한층 굳센 의지로 인생을 다시 시작하곤 했다. 따뜻한 우정과 수많은 여행이 내 인생을 중단시키곤 했다. 고향은 아름다운 꿈처럼 내 마음에 들어왔는데, 그 꿈은 오랫동안 멈추지 않았고 누구에게 멈춰달라고 부탁할 수도 없었다. 스치는 사람들 얼굴처럼, 고향이 스쳐 지나갔다. 다정한 여행이 금방 끝나면, 다시 고향 생각이 났다. 이루 헤아릴 수 없이 바쁜 세월 속에 이런 식으로 감정을 훈련시켜서 나는 과거를 잊거나 다 잊은 척하는 게임을 완벽하게 해냈다. 그러나 독일 의사가 내 병에 관한 진실을 말해주자 그때부터 기억의 문이 열리더니 서서히 기억의 파편을 치웠다. 그래서 기억이 정지된 안식처에서 향수가 생기더니 불같은 원한이 되살아났다. 어제 고향을 떠난 것처럼, 나자프(Najaf) 무덤이 보이기 시작했다. 즉 아버지와 어머니, 여동생의 시체가 묻히던 날이 보이기 시작했던 것이다. 나는 내 시신이 이방인 사이에서 안식하기를 원치 않았다. 그게 바로 내가 내린 결론이다. 이런 이유로 나는 여기 왔다. 운전기사는 틀림없이 나를 잘못 데려다준 모양이다. 밤이 지나면 내일 아침에, 이 문제를 알아봐야겠다.

나는 몸에 이불을 반쯤 끌어당기고 눈을 감았다. 계단을 오르내리는 군인들 소리가 들렸다. 휘파람과 노래 소리가 점점 더 크고 부드러워졌다. 나는 잠을 푹 자지 못했다. 햇살이 내 얼굴에 비췄을 때, 잠이 깨고 나서 처음 얼마간은 깜짝 놀란 상태였다. 밤새 끔찍한 악몽을 꾸었기 때문이었다. 어떤 사람이 산꼭대기에서 나를 밀쳐서 골짜기 바닥으로 던지려 했다. 비명을 질렀지만, 아무도 내 목소리를 듣지 못했다. "고마워라. 아침이네!"

군인들이 다시 계단을 내려왔다. 한마디도 못 알아들었지만 군인들의 목소리가 울려 퍼졌다. 급히 창문으로 달려가 창문을 활짝 열어젖혔다. 내 앞에 보이는 광경에 깜짝 놀랐다. 창문이 거대하고 끝없는 공동묘지를 굽어보고 있었다. 무덤에는 묘비가 없었다. 나는 아직도 꿈을 꾸는 게 아닐까 하고 눈을 비볐다.

꿈이 아니었다. 그렇게 큰 묘지는 기억나지 않는다. 최근 30년 동안 바그다드에서만 이 사람들이 다 죽었다는 말인가? 이는 세계에서 가장 큰 묘지인 나자프 묘지가 틀림없이 더 커졌다는 뜻이다. 아마도 그 묘지는 거리나 주택들만큼이나 멀리 펼쳐져 있었다. 맙소사! 어디서 가족 무덤을 찾아낸단 말인가? 다른 친척은 또 어떻게 찾고? 누가 그들 사이에서 죽으러 온 여자의 괴로움을 견디어낼 수 있을까?

나는 광장으로 돌아갔다. 광장만이 나와 관련을 맺게 해줄 장소였다. 여자들이 차와 사워 크림의 주문을 받으면서 모서리에 흩어져 있었다. 한편 한 떼의 군인들이 계속 주변에 몰려들었다. 패스트 푸드가 실린 카트, 담배 매점, 어린애가 파는 유황, 기도문 복사지를 들고 사람들에게 구입하라고 조르는 수도승, 얼굴과 얼굴, 얼굴들. 창백하고 누런 얼굴, 수척하고 더러운 얼굴. 갖가지 피부색과 여러 나라 악센트

나는 나이든 부인 옆에 앉았다. 나는 차를 마시고 사워 크림 샌드위치를 주문했다. 그 부인에게는 물어볼 시간조차 없었다. 그 부인은 손가락을 놀랄 만큼 잽싸게 움직였고, 군인들이 급히 차를 마셨다. 군인 트럭이 4번 입구에서 나오자, 군인들이 그 트럭 주위로 몰려들었다. 트럭이 꽉 차자 군인들을 수송했다. 어디로? 나는 모른다. 두 번째 트럭, 그리고 세 번째 트럭……

그 부인이 일을 다 끝내자 부인에게 물었다. "이곳 이름이 뭐예

요?"

그녀는 대답 대신 질문을 했다. "이곳 사람이 아니죠?"

나는 망설이다가 "네."라고 대답했다. "여긴 레볼루션 버스정거장이에요." 그 부인이 말했다.

이곳의 버스정거장 이름이 기억나지 않아서, 다시 물어보았다. "레볼루션 시티 말인가요?"

그 부인이 깜짝 놀라더니 나를 쳐다보았다. "사라진 장소를 말하는군요."

"어떻게 사라졌는데요?"

그 부인은 뭔가 두려운 듯 주위를 살피더니 이렇게 말했다. "이곳 출신이 아니니까, 비밀 하나 말해 드릴게요. 나도 레볼루션 시티 출신이에요. 아니 더 정확히 말하자면, 대량 학살을 피한 사람이죠!"

"대량학살이라니요?" 공포에 사로잡힌 내가 이렇게 물었다.

그 부인은 입술을 오므린 채 지나가는 사람에게 차를 따르기 시작했다. 그 행인이 차를 다 마시고 떠날 때까지 부인은 한 마디도 하지 않았다. 부인이 내 귀에 머리를 갖다 대고 말했다. "세상에서 다 알지 않나요? 믿을 수 없을 만큼 처참한 일이었죠. 자연사하기 전에 우린 생명을 잃고 죽어버렸죠." 그 부인이 다시 주위를 살피며 속삭였다. "그 지도자의 부하들이 도시를 둘러싸고 비행기로 독약을 뿌릴 때, 난 도시에 없었죠. 몇 시간 만에 다 끝장났어요. 지금 당신은 예전 도시에 아주 가까이 있어요. 오늘날 시계로 볼 수 있는 것보다 더 멀리 펼쳐져 있는 것은 그저 묘지일 뿐이에요." 부인이 손으로 가리켰다. "호텔 뒤에 그 묘지가 있어요. 묘지 안 무덤에는 사람들 이름이 없지요."

그 부인이 다시 조용해졌다. 주름진 얼굴이 한층 슬퍼 보였고, 부인의 눈은 푹 꺼져 있었다. 이윽고 부인은 나를 보고 말했다. "묘지에 이름이 적힌 사람은 행운아지요."

"왜 저들이 그런 짓을 저질렀을까요?" 내가 물었다. 이번에는 부인이 주위를 살피지 않았다. "가난한 사람들은 늘 지배자들에게 불쏘시개밖에 안되지요. 지배자들 어깨에 권력을 실어준 건 가난한 사람들인데 말이죠."

다른 나라 무덤은 잘 장식되어 있다. 무덤 주위로 나무 그늘이 지고, 주위에는 철따라 꽃이 핀다. 그래서 묘지는 무성한 정원처럼 보인다. 남편 무덤 옆 나무 근처에 묘자리를 찾아보는 게 현명하지 않을까? 30년 동안 살았던 친구들 옆에 묻힐까?

나는 남편을 보호하기로 약속이나 한 것처럼 서로 얽혀있는 두 나무 사이에 남편을 매장했다. 나는 꽃으로 관을 덮고, "우리 천국에서 만나리."라고 묘비에 새겼다. 이국에서 바라던 내 소망과는 반대로, 나는 마치 지옥에 다녀온 것 같았다.

■ 한애경 역

양귀비 거리로 가는 길
The Way to Poppy Street

라치다 엘 차르니
Rachida El-Charni

The Way to Poppy Street And other short stories by 20 Arab Women writers

양귀비 거리로 가는 길

 그녀는 휘파람을 흥얼거리면서 자신에게 다가오고 있는 한 남자를 보았다. 그 남자가 양귀비 거리(Poppy street)로 가는 길을 정중히 묻기 위해 자신 앞에 멈춰 선 것이라 그녀는 생각했다. 자신의 금목걸이를 낚아채 도망갈 사람이라고는 일순간도 상상조차 하지 못했다.
 그 남자는 그녀가 생각에 빠져 걸어간 길과 같은 쪽에서 걸어내려 오고 있었다. 외모로 보아 그 남자는 사람들의 의심을 사거나 사람들이 조심할 그럴 부류의 사람이 아니었다. 오히려 그 남자의 곱상한 외모는 사람들에게 존경심이나 편안한 마음을 불러 일으켰으며, 심지어 그 남자가 부자라는 생각까지 들게 했다. 그 남자가 그녀를 갑자기 내려쳤다. 마치 가슴뼈가 떨어져 나가는 것처럼 고통스러웠다. 순간 온몸이 마비되었지만 그녀는 이내 이 충격에서 재빨리 벗어나 격렬하게 소리를 질렀다. "도둑 잡아라. 내 목걸이, 내 목걸이야!"

화가 극에 달했다. 그녀는 그 남자의 뒤를 쫓아가면서 계속 큰소리를 질러댔다. 길 양쪽에 늘어선 가게, 집, 작업장에서 사람들이 나와서 어쩔 줄 모르는 채 꼼짝도 않고 이 광경을 지켜보았다.

그녀의 움직임이 그 남자의 예상 이상으로 빨랐기 때문에 일순간에 그를 따라 잡은 후 더 이상 도망 못 가게 길을 막아섰다. 아마 그 남자는 여자가 이렇게 집요하게 도둑을 추격해 오리라고는 상상조차 못했으리라. 그는 도망가기 위해 몸을 지그재그로 움직이기 시작했다. 해가 사람들의 머리를 비추고 있었다. 땀 배인 그 남자의 얼굴에 햇빛이 폭포처럼 쏟아지고 있었다. 손가락 사이로 움켜쥔 목걸이가 햇빛으로 인해 더 번쩍거렸다. 펜던트 한 면에는 바벨탑이 다른 한 면에는 바위 사원의 펜던트가 조각되어 있었다. 지금껏 살면서 그녀는 보석을 여러 번 잃어버려 봤지만 이를 슬퍼하거나 보석의 값어치에 대해 괘념을 한 적이 없었다. 하지만 이번은 달랐다. 갑자기 그녀의 영혼이 몸에서 뒤틀려 나가버린 것 같았다.

그녀는 이를 꽉 물고 안간힘을 다해 도둑을 따라 잡았다. 손을 뻗으니 그 남자의 몸을 잡을 수가 있었다. 그 남자는 그녀 쪽으로 몸을 획 돌렸다. 이때 뒤의 오른쪽 발이 굽혀져서 그 남자는 균형을 잃었다. 바로 이때 그녀는 그의 셔츠 단을 잡아 쥘 수 있었다. 셔츠가 거무스레한 그 남자의 등위로 말려 올라가면서 움직일 수가 없게 되자 그녀는 그 남자를 더욱 꽉 붙잡을 수 있었다. 그 남자는 힘센 그녀의 손아귀에서 벗어나려고 했지만 그럴 수가 없었다.

사람들은 벌떼처럼 모여들었다. 하지만 그녀를 도와주려고 나서는 사람은 한 명도 없었다. 사람들은 정신을 잃은 양 그저 멍하니 서 있기만 했다. 그녀는 사람들에게 도움을 청하기라도 하듯 화가 난 목소리로 외쳤다. "도둑놈아! 내 목걸이 돌려 줘!"

갑자기 그는 바지 안쪽 숨겨진 주머니에서 칼을 꺼내 그녀의 얼굴에 휘둘러 댔다. 그때 그녀는 뒤로 물러나는 사람들의 발자국 소리를 들을 수 있었다. 사람들은 그녀에게 조심하라고 소리 질렀다.

"뒤로 물러서요. 무기를 들고 있어요!"

"어리석네요! 도둑이 칼로 당신의 얼굴을 그을 건데요"

"당신이 더 약하잖아요, 어찌 당할 수 있냐고요?"

"고집이 센 여성이구만!"

그녀의 얼굴은 더욱 굳어져만 갔다. 마치 늘 얌전하게만 보였던 젊은 여자의 마음 안에도 힘센 악마가 존재할 수 있다는 듯 말이다. 그녀의 용기는 대단했다. 실제로 한순간도 두려움을 느끼지 않았다. 물러설 조짐도 없었다. 작업장에서 나온 한 젊은이가 그녀를 도우려고 했지만, 사람들은 지혜롭기는커녕 오히려 더 폭력적인 어투로 그를 말렸다.

"당신도 죽고 싶으세요? 그녀를 그냥 내버려두세요. 그녀가 이토록 고집을 부려서 생긴 일은 그녀가 책임질 일이지 누가 대신 책임질 일이 아니지요."

겁에 질려 투덜대는 그들의 목소리조차도 그녀의 가슴 속을 후비고 들어와 마음에 상처를 남겼다. 또 다시 그녀는 자신의 주위에서 어린 새처럼 이리저리 뛰어다니는 사람들을 보게 되었다. 패배주의의 화신인 양 한 사람이 말했다. "저항해봤지 소용이 없어요. 그 남자는 무시무시한 무기를 갖고 있어요!"

도둑의 공격에 순응하는 사람들의 태도가 오히려 그녀를 더욱 더 완강하게 만들었다. 속에서 물불 안 가리는 잔인함이 폭발했다. 그녀는 자신의 손톱을 눈앞의 칼처럼 무시무시한 무기로 만들려고 했다. 손톱을 교묘하게 움직여 그와 맞설 기회를 찾고 있었다. 동시에 자신의 결심을 마음속으로 확고하게 되뇌었다. "저 남자가 이 세상 무기를 전부 다 갖고 있다고 해도 난 결코 내 목걸이를 포기하지 않으리라!"

그 순간 그 남자는 악의로 가득 찬 입 모양을 하고서 그녀를 노려보고 있었다. 그 남자가 흰 이빨을 악물고 겁을 주려고 으르렁거릴 때 그녀는 그의 노란 눈동자에 비친 자신의 긴장된 얼굴을 볼 수가 있었다.

"고집 센 작은 야만인 같은 것이!"

그 남자가 관자놀이 쪽을 향해 치명적인 주먹 몇 대를 날리자 그녀는 깜짝 놀랐다. 그녀는 균형을 잃고 그 남자 아래로 미끄러졌다.

계속되는 주먹질로 그녀가 꽉 쥐고 있었던 그 남자의 셔츠가 느슨해지자 마침내 그 남자의 몸은 자유롭게 되었다. 그 돼지 같은 인간은 사람들 보는 앞에서 그녀를 발로 찼으며 구경만 하고 있던 비겁한 사람들은 공포에 질려 마비 상태가 되어 버렸다. 그 남자는 그녀를 한 번 더 거세게 차고는 달아나 버렸다.

그녀는 머리가 헝클어지고 코에서 피가 나고 옷도 먼지투성이였지만 얼른 정신을 차리고 추격을 계속했다.

그녀는 있는 힘을 다해 "내 목걸이!"라고 외치면서 쫓아갔다. 이때 도둑은 길모퉁이에서 오토바이에 앉아 그를 기다리던 동료가 있는 곳에 다다랐다. 그가 뒷자리에 올라앉자마자 오토바이는 군중들 사이로 잽싸게 달아나 버렸다. 그 순간 그녀는 이 모든 일이 사전에 모두 계획된 것임을 알게 되었다.

강인함과 용기는 모두 사라졌다. 그녀는 자리에 털썩 주저앉았다. 뜨거운 눈물이 쏟아지기 시작했다. 수치심으로, 즉 자신이 이 지역의 주민이라는 수치심으로 그녀의 몸은 떨렸다. 이웃들이 보인 굴종적인 태도가 도둑의 공격보다 그녀에게 훨씬 심한 상처를 주었기 때문이다. 주체할 수 없는 이런 슬픔으로 괴로워하면서 그녀는 이전에 카이로 거리에서 한 소녀가 젊은 남자들에게 강간을 당한 걸 보고도 소녀를 구하기 위해 아무도 나서지 않았던 일을 떠올렸다.

이웃들의 마음의 문은 닫혀있었고 그들은 마치 재미나고 자극적인 영화를 보듯 그 광경을 구경만 하고 있었다.

그녀의 생각은 암컷 낙타를 공격했다는 이유로 아랍의 두 부족이 40년 동안 계속해서 격렬한 전쟁을 치렀던 과거의 일로 흘러갔다. 그녀는 밀려오는 수치심으로 깊은 내면 속의 어떤 것이 차갑게 굳어짐을 느끼며 큰 신음소리를 내쉬었다. 그때 정오 기도를 알리는 종이 울렸다. 기도시간을 알려주는 사람의 순결한 목소리가 그녀의 비통함을 알고 위로라도 해주려는 듯 그녀의 영혼 속으로 평화롭게 들려오고 있었다.

사람들은 그녀 주위로 모여와 그녀를 위로해 주었다. 하지만 눈을 마주치지는 못하였다.

"이런 일을 당해서 정말 안 됐네요."

"이렇게 위험한 상황까지 만들지는 말았어야 했는데 말이에요."

"왜 그렇게 집요하세요? 제 무덤을 제가 판 꼴이 되었네요."

"위험한 일에는 이제 그만 끼어드시고 앞으로는 더 좋은 일만 생기길 바라면서 사셔야지요."

"보석 같이 귀한 것은 안보이게 하고 다녀야지요."

자존심이 상한 그녀는 그 사람들의 얼굴을 응시했다. 마치 그녀와 그들 사이에 침묵하는 벽 하나가 서 있다고 느꼈다. 먼지로 뒤범벅이었지만 그녀는 다시 일어났다. 이때 미움이 섞인 나지막한 목소리로 누군가가 지껄이는 걸 듣게 되었다. "창피하지도 않은가 보지! 스스로가 자신을 웃음거리로 만들어 놓고도 안 됐다!"

그녀는 돌아서서 그 목소리의 주인공을 쳐다보았다. 그러고 나서 주위 사람들의 얼굴을 빤히 쳐다보면서 크게 소리쳤다. "배짱도 없고 줏대도 없는 이 바보들! 당신들은 자신을 위해 당당히 맞서는 것을 언제부터 그렇게 창피한 일로 여겼소?

잔인한 말이었고 상처를 주는 말이었다. 그녀의 입에서 나온 폭력적인 언사는 그곳에 있던 사람들의 마음을 심하게 흔들어 놓았다.

그녀는 혼자서 길 아래쪽 부모님 집을 향해 걸어 내려갔다. 자신을 휘감고 있었던 엄청난 환상에서 벗어나는 듯 했다. 그녀는 햇빛을 받으며 한 걸음 한 걸음 내딛고 있었다. 햇빛은 구름의 장막을 뚫고 나와 그녀에게 맹목적인 악의를 내품는 듯 이글거리고 있었다.

■ 김진옥 역

기름 얼룩
Oil Stain

마리암 알-사에디
Mariam Al-Saedi

The Way to Poppy Street And other short stories by 20 Arab Women writers

기름 얼룩

출근 첫날이었다. 대단해 보이는 곳이었다. 5번부터 15번에 이르는 사무실에서 심부름을 할당받아왔다. 좋은 일자리였다. 이런 일자리조차 쉽게 얻을 수 있으리라고는 상상하지 못했다. 하루 종일 등짐을 지고 다니는 탓에 그의 옷에는 항상 얼룩이 묻어있었지만 이제 여기서는 깨끗한, 정말 깨끗한, 거의 불가능할 정도로 깨끗한 특별 유니폼을 입고 있었다. 그에게는 그렇게 보였다. 처음 유니폼을 입었을 때, 그는 자신이 세상에 갓 나온 신생아 같은 느낌이 들었다. 유니폼 가장자리에는 자수가 놓여있었고, 가슴에는 배지가, 그들이 말하는 부서 로고가 있었지만 그건 중요하지 않았다. 그는 자신이 자랑스러워 사진을 찍어 어머니에게 보냈다. 그의 아내는 이웃 사람들에게 사진을 가져가 우아하게 차려입은 남편을 자랑했다.

아침 8시에 전화벨이 "지릉 찌릉" 울리자 서둘러 수화기를 들었다. "예, 사장님."

여인의 목소리가 들렸다. "음, 차 좀 갖고 와요."

"설탕도 필요하신지요, 사장님?"

"설탕도."

"어느 방이죠, 사장님?"

"13호."

"즉시 준비하죠, 사장님."

모든 게 청결해야만 했다. 청결은 필수. 그는 찻잔을 깨끗이 헹궜다. 거듭 씻었다. 그는 요구대로 차를 준비했다. 그가 일을 시작하기 전부터 종업원들은 이전 방식과는 다르게 차를 준비해야 한다는 주의를 받았다. 전에 있었던 곳에서는 차의 양을 측정하는 일은 불필요한 사치였다. 이곳에서는 모든 일이 더 정확했고, 차를 마시고 싶지 않으면 버려도 되었다. 설탕이 너무 많거나 적다는 이유만으로 달콤한 설탕과 진한 우유가 담긴 따끈한 차 한 잔을 버리다니! 그는 그런 생각을 비웃어왔다.

"이상해. 이상하다니까." 집을 떠난 후 새로 알게 된 세상의 경이로움에 놀라 그는 머리를 흔들었다. 그는 자신이 집이라 부르던 것을 떠올릴 때 웃었다. 예전에는 집에 들어서면 모든 사람들이 날 쳐다볼 수 있었다. 그런데 여기선 사람들이 진짜 벽 뒤에 숨는다. 자신이 몸을 숨길 수 있는 행운을 얻기라도 한다면, 부인한테 가까이

다가갈 때마다 부인이 그를 더 이상 구박하지 않을지도 모른다.

쟁반에 차를 놓고 그는 모든 게 청결한지를 확인한다. "얼룩이 없다." 그는 찻잔과 쟁반에 얼룩이 없어야 한다는 사장의 지시사항을 기억한다.

그는 세밀하게 살펴보더니 쟁반 표면 위에 비친 자신의 얼굴을 본다. 멋져! 그는 자랑스러워하며 움직인다. "얼룩 없음." 아내에게 다음 번 편지에 이렇게 쓸 것이다. "상상해봐! 어떤 종류의 얼룩도 있어선 안 되거든. 심지어는 쟁반 위로 얼룩이 져서는 안 돼. 상상해봐! 사람들이 그걸 신경 써! 그게 그들을 성가시게 해! 상상해봐. 내가 만약 쟁반 위에 모든 얼룩을 세어 문제를 삼는다면, 난 오래전에 당신과 이혼을 했을 거야."

그녀가 쟁반을 정말 많이 갖고 있지 않고 두 개만 갖고 있다는 걸, 어떤 경우에도 녹슨 쟁반 표면 위에 얼룩이 있어서는 안 된다는 걸 그는 기억했다. "쟁반을 많이 갖고 있지 않아서 하나 좋은 점은 얼룩을 걱정할 필요가 없다는 거야." 이런 결론을 자랑스러워하며 그는 계속 걸었다. 자신이 현명하다고 느꼈다. 어머니는 내 미래가 밝을 것이라고 늘 믿으셨다. 그는 현명한 자식이었고, 어머니는 뭔가 말씀하실 시간적 여유가 생길 때마다 항상 적절한 때 적절한 말씀을 하셨다.

그는 13호 사무실 문 밖에 준비하고 섰다. 반기면서 들어가야 할지 아니면 조용히 들어가야 할지 무척 망설였다. "좋은 아침입니다.

사장님." 그가 조용히 말을 건넸지만 응답이 없다. 책상을 보니 찻잔을 놓을 곳이 없다. 사장은 전화를 받느라 컴퓨터 화면을 보느라 바쁘다. 그래서 그는 잠시 서서 생각한다.

그는 서류를 한쪽으로 치우고 찻잔을 든다. 컵 잔 밑에 차 한 방울이 떨어진 것 알아차린다. 오는 도중 흘린 것이 틀림없다. 손이 떨린다. 그리고 좀 더 진작 알아차리지 못한 것을 몹시 자책한다. 쟁반과 책상 사이의 거리는 엄청나다. 마치 외계 행성으로 위태롭게 여행을 하고 있는 느낌이 든다. 찻잔을 놓으려고 치운 곳에 조심스레 찻잔을 내려놓는다. 사장이 찻잔을 집으려고 손을 움직인다. 찻잔이 쌓인 서류뭉치에 닿자 서류뭉치가 컵 쪽으로 넘어져 차가 사방으로 흘러 책상이 온통 얼룩 천지이다.

그는 넋이 나간 채 그곳에 서 있다. 바람 부는 날 떠는 한 점 나뭇잎처럼 서있다. 이 얼룩을 어찌 하나? 그는 '얼룩 금지'를 정말 강조했다. 컵과 쟁반에 얼룩 금지를. 그러나 사방이 얼룩 천지니! 서류 위, 책상 위, 여자의 옷 위에. 자신이 익사 중이라고 느낀다. 부인 생각에 가슴을 미어진다.

다음 날 그는 자수가 놓인 유니폼을, 인도 아(亞)대륙에서 중동 석유대륙까지 끝없이 줄지어 서있는 남자들의 행렬에 끼여 있는 다른 남자에게 넘겨줘야만 했다.

■ 박종성 역

일 년 열세 달 동안의 해돋이

Thirteen Months of Sunrise

라니아 마문
Rania Mamoun

The Way to Poppy Street And other short stories by 20 Arab Women writers

일 년 열세 달 동안의 해돋이

숫자 13은 재수 없는 숫자가 아니다. 에티오피아 달력에는 특이하게도 열세 달이 있는데 숫자 13은 바로 에티오피아 달력에 있는 달의 수와 같다. 하지만 지금 에티오피아 달력의 특이함에 관해서 이야기 하려는 것은 아니다. 컴퓨터가 고장이 나서 짜증이 무척 많이 나 있었을 때였다. 전날 밤 잠을 충분히 자지 못했고 날은 이미 밝아 있었다. 처음엔 그가 수단 사람이라고 생각했었다. 아니, 솔직히 말하면 그 남자가 어느 나라 사람이든 별 관심이 없었다. 왜냐하면 우리나라에서 수단 사람들을 보는 것은 특별할 것도 없는 일이었기 때문이었다. 수단 사람은 수단에서 사는 것이 자연스러운 일 아닐까? 그가 영어로 말을 걸어왔을 때 나는 그에게 어디에서 왔냐고 묻지 않았었다. 아마 내가 바빠서였을 것이다.

짜증나게 했던 컴퓨터 문제가 해결이 돼 마음이 좀 편해졌다. 옆에서 그가 플로피 디스크에 대고 구시렁거리는 소리가 들렸다.

"이걸 쓰지 말았어야 했어!"

"씨디나 플래시 디스크를 써야 해요. 훨씬 안정적이거든요." 내가 말했다. "절대로 플로피 디스크를 믿어선 안 돼요."

"맞아요! 다시는 쓰지 않아야겠어요."

"그 디스크에 파일 백업 복사본이 들어 있어요?"

"단지 원본 파일만 있어요. 편집 작업을 하려던 참이었거든요."

"에리트레아 분이세요? 아님 에티오피아 분이세요?" 그에게 물었다.

"에티오피아 사람입니다!" 그가 목소리에 힘을 주어 대답했다.

그때까지만 해도 나는 에티오피아와 에리트레아가 다른 나라라는 것을 몰랐다. 게다가 한 번도 가본 적이 없는 에리트레아라는 나라와 그 나라의 수도인 아스마라를 에티오피아라는 나라와 에티오피아의 수도인 아디스아바바보다 왜 더 마음에 들어 했는지를 몰랐다. 내 생각으로는 에리트레아와 아스마라의 발음 소리가 더 좋았기 때문일 것이다. 그렇지만 전체적으로 보면 나는 두 나라를 다 좋아하고 아비시니아 지역 출신 사람들을 어렸을 때부터 좋아해 왔다. 우리 가족은 아비시니아인 학교 근처에서 살았던 적이 있다. 우리 가족에게는 '아비시니아 사람'이란 말은 수단에서 살고 있거나 수단으로 피신하는 에티오피아 혹은 에리트레아 출신 난민 둘

다를 함께 부르는 포괄적인 표현이었다.

 어렸을 때는 독립 건물을 가진 작은 학교에서 문화와 사교행사가 열리곤 했었다. 건물 앞에는 넓은 공터가 있었는데 젊은 남자들은 이곳을 축구장으로 썼다. 이 체육 '시설'의 한구석은 여러 채의 집들과 맞붙어 있었다. 이 집들은 조그마한 정원을 가지고 있었는데 철조망과 골풀 덩굴 울타리로 학교 땅과 경계를 짓고 있었다. 이 공터에서 에티오피아 사람들은 축제를 열곤 했었다. 그들은 먼저 엄청나게 큰 천막을 치고 그 아래에 무대를 설치했다. 그 다음 무대 주위에 수많은 의자를 놓았다.

 나는 격렬하게 몸을 흔드는 그들 고유의 춤사위를 구경하는 것을 무척 좋아했다. 그래서 춤 공연이 열리는 날이면 손에는 입구에서 그들이 나눠준 튀긴 콩을 한 움큼 쥐고, 입을 헤벌리고는, 무용수들의 춤에 시선을 고정한 채로 공연이 끝날 때까지 몇 시간이고 춤에 빠져 있곤 했었다. 흰 드레스를 잘 차려입은 에티오피아 여인들은 무척 아름다웠다.

 암하라 말로 부르는 노래와 말을 하나도 알아들을 수 없었지만 노래의 곡조, 음정과 춤사위, 그리고 무대에서 발산되는 열기와 환호하는 관객들의 분위기에 압도되곤 했다. 그 곳은 축제 내내 생명력이 요동치는 장소로 탈바꿈했고 그 근처 주민들이나 나 같은 아이들이나 신명이 났다. 나는 이런 분위기를 무척 좋아했다. 이때야말로 아이들이 술래잡기 놀이를 하면서, 쏜살같이 뛰어 텐트 속을 들락날락하거나, 큰소리로 떠들면서 놀거나, 의자 먼저 차지하기 같은 놀이를 할 수 있는 제일 좋은 기회였다. 또한 이때가 아이들이 어른들의 엄한 통제에서 벗어나 자유로이 아이들의 삶을 살 수 있는 유일한 기회였다.

"저는 에티오피아 사람들을 좋아해요." 그에게 말했다.

"에티오피아 사람과 수단 사람들은 생김새가 비슷하시오." 그가 말했다. "그래서 우리 두 나라 사람 사이에는 일종의 유대가 생겨난 것 아니겠어요? 그건 그렇고, 우리 에티오피아 사람들이 입는 옷과 비슷한 옷을 입고 계시네요."

그때 나는 손베틀로 짠 이바 윗도리와 이것과 함께 입는 바지를 입고 있었다. 바지는 흰색이었고 고동색 자수 무늬가 들어가 있었고, 양 옆 선에는 빨간 색 줄 세 개가 세로로 나 있어서 마치 군복처럼 보였다. 바지를 만든 사람이 군복처럼 보이도록 의도적으로 빨간 색 줄을 넣은 것임에 틀림없었다.

내가 그날 입고 있던 바로 그 이바 의상이 그 남자의 시선을 끌었고 결국 내게 말을 걸게까지 되었다. 어쨌든 이바 의상 때문에 고향생각이 났던 게 분명했다. 고국을 떠나 타국에서 살고 있는 사람들은 고국과 관련된 것은 무엇이든, 즉, 그것이 사람이든, 언어든, 나라의 대표 건물이든, 혹은 허접스러운 것이든, 그저 고국과 관련된 것들을 보면 향수병에 걸리기 마련이었다. 더구나 이런 것들을 타향살이를 할 때 보는 것과 고향에서 보는 것은 엄연히 다르기 때문이다.

　그날 이후 그와 나는 친해지기 시작했다. 어느 날, 우리가 편안하게 대화를 나눌 때였다. 그는 구체적인 상황에 관한 설명은 생략한 채 자신은 남들과 사이좋게 잘 지내지 못해서 힘들다고 말했다. 그는 나를 자신을 잘 이해해줄 수 있는 사람으로 여겼고, 나는 그를 그가 그토록 사랑하는 에티오피아를 보여주는 일종의 창(窓)으로 생각했다. 그를 통해 에티오피아를 더 잘 볼 수 있게 되었다.

　처음 며칠 동안은 내 이름을 제대로 발음하지 못했다. 나를 라야나 (앞의 철자 r의 발음을 제대로 굴리지 못하며)라고 나는 그 남자를 키다네라고 불렀다. 그에 의하면 에티오피아에서 키다네라는 이름은 여자에게 사용하는 이름이라고 했다.

　"마지막 철자가 a로 끝나는 것만 다를 뿐, 그 이름은 여기서도 여자 이름이에요." 내가 말했다.

　나는 그에게 에티오피아에 관해서 여러 가지를 물어봤다. 나의 질문은 에티오피아의 음식에서부터 시작해서 에티오피아의 정치상황, 식민통치를 했던 이탈리아가 임의로 설정한 국경 때문에 생긴 에리트레아와의 국경 갈등, 이탈리아 식민통치가 남겨놓은 식민유산, 소수 민족들에게 가해지는 분리정책에 이르기까지 실로 다양했다. 그는 에리트레아 사람들이 에티오피아의 통화인 비르를 대체할 자기 나라만의 고유 통화를 원했을 때 멜레스 제나위가 에리트레아 사람들을 기만했던 일에 관해 내게 이야기 해주었다. 제나위는 단지 비르 통화의 디자인만 바꾸었을 뿐이었다.

그는 크건 작건 수단의 모든 것들을 늘 고국의 것들과 비교하였다. 한 번은 내게 말하길 자신은 수단 여자와 친구가 되어 같이 앉아 차나 소다를 마시거나, 아니면 에티오피아에서 마시던 술을 연상시키는 그 특유의 갈색 아랍 주스를 마시면서 함께 웃고 떠들며 이야기를 나누리라고는 상당도 못했었다고 했다.

다른 사람들처럼 그도 이런 일은 절대로 일어날 수 없는 일이라고 믿었었다. 그에게 말했다. "자, 지금 그런 일이 막 일어나고 있다고 어서 가서 사람들에게 전하세요." 며칠 후, 그는 가족이나 친구 아니면 그 누가 되었든 수단이라는 나라와 수단 여자, 수단의 풍습과 전통, 그리고 수단의 이슬람 문화에 관해서 물어보면 그에 관해서 상세하게 설명을 하는 답장을 해주고 있다는 내용의 이메일을 한 통 내게 보냈다.

어느 날, 그가 수단 음악 테이프를 사고 싶다고 해서 함께 아딜 스튜디오로 갔다. 거기서 나는 수단에서 제일 유명한 가수들이 부른 노래 테이프를 골라주었다. 또한 하피즈 아브두라만의 플루트 연주곡인 '잊을 수 없는 나날들'이란 앨범을 골라주었다.

"이 음악을 들을 때마다 제 생각이 나겠죠?"

"그러면 저는 당신을 사랑하게 될 거에요. 이 음악을 들을 때마다 늘 당신을 생각할게요." 그가 대답했다.

"걱정 말아요. 저를 사랑하게 되지는 않을 거니까요."

"아니에요. 전 이미 당신을 사랑하고 있어요. 물론 저만의 방식으로지만요."

"저 역시 제 방식으로 당신을 사랑하고 있는걸요."

어느 휴일 날 우리는 한 카페에서 이야기를 하고 있었는데 그곳에서 일하는 열두 살 먹은 모하메드가 일을 하는 척 하면서 가까이에서 우리들을 지켜보고 있었다.

어느 날 모하메드가 물었다. "그 아저씨 수단사람 맞아요?"

"응!"

"근데 왜 아랍 말을 못해요? 미국에서 살다왔어요? 아니면 다른 나라에서 살다왔어요?"

모하메드의 질문에 나는 그저 막연히 미소만 지어 보였다. 나중에 이 질문을 키다네에게 들려주었을 때 그 역시 미소만 지었다.

"그 아저씨는 에티오피아 분이란다." 모하메드에게 말했다.

"아비시니아 사람이라고요?"

"그래, 아비시니아 사람이야." 대답했다.

"그럼 아줌마는요? 아줌마도 아비시니아 사람이에요?"

이 질문이 나를 또 다시 미소 짓게 했다. "우리 엄마가 아비시니아 사람이야."

"그럼 그 아저씨는 아줌마의 친척이세요?"

"그래, 우린 사촌 간이지."

그러자 모하메드는 자신의 영어 실력을 뽐내기 시작했다. 영어

실력이라고 해야 겨우 단어 열 개를 아는 정도밖에는 안 되었지만. 키다네는 모하메드가 자신에게 보여주는 관심과 영어로 말을 하려고 노력하는 모습에 깊은 인상을 받았다. 이후 이 두 사람은 친구가 되었다. 내가 그 카페에 갈 때마다 모하메드는 언제나 키다네의 안부를 물었다. 나중 키다네가 나와 사촌 간이 아니라는 것을 알게 되고 나서부터는 모하메드의 질문은 "두 분이 처음에 어떻게 사귀게 되었어요?"로 바뀌었다.

내 영어가 수단 사람들이 영국 사람들을 부르는 말인 '존의 자식들'만큼의 수준에는 미치지 못하지만, 서로를 더 잘 이해하게 해주는 둘 사이의 감정이입 덕분에 우리는 언어로 표현할 수 없는 것까지도 이해할 수 있었다. 만약 그가 한 문장을 말하면 그 문장이 끝날 때까지 기다릴 필요가 없었다. 왜냐하면 그가 하려던 말을 난 이미 이해할 수 있었기 때문이었다. 혹 내 영어가 틀려도 그는 내 말을 교정하려들지 않았기 때문에 나는 창피해 하지 않아도 됐다.

이 당시 키다네는 나일 강의 분지에 관해서 석사논문을 쓰고 있었는데 이를 위해서는 나일 강의 강물과 관련된 데이터가 필요했었다. 이런 데이터는 수단이나 이집트 둘 중의 한 곳에서만 구할 수 있었는데 키다네는 수단을 선택했다. 구체적으로 그가 모으고 있는 데이터는 아프리카 최대의 농업사업인 게지라 농업 사업에 관련된 것이었는데 이를 위해서는 바라카트에 있는 사업본부를 방문하거나, 혹은 훌와나 비카 마을의 농부들이나 알하사히사 시(市)의 농부들을 직접 찾아가거나, 아니면 와드 메다니에 위치한 농업연구센터를 방문해야 했다.

"에티오피아 사람과 수단 사람들은 같은 물을 마시고 살고 있어요." 그가 말했다.

"맞아요. 그런 사실 때문에 우리 두 나라는 형제국가가 되었지요." 내가 대답했다.

수단의 마드니와 얀부를 관통하는 청(靑) 나일 강은 에티오피아의 타나 호수에서 발원한다. 두 나라가 형제국가가 된 연유가 여기에 있다. 반대로 백(白) 나일 강은 우간다의 빅토리아 호수에서 발원한다. 길들여지지 않은 자연의 모습을 간직하고 있는 청 나일 강과 크지만 온화한 모습의 백 나일 강, 이 두 강은 카르토움에 있는 알모그란에서 합류하면서 숨을 멎게 하는 기막힌 장관을 연출한다. 합쳐진 두 강은 이후 대(大) 나일 강이 돼 이집트를 관통한 후 북쪽으로 거슬러 올라가 지중해로 흘러간다.

내가 차를 주문할 때마다 그는 차가 암하라 말로는 '샤이'라고 하고 티그레 말로는 '샤히'라고 한다고 말했다. 그는 암하라 말과 티그레 말 두 언어를 다 하는데 이게 가능했던 이유는 그의 아버지가 티그레 사람이고 어머니는 암하라 사람이기 때문이었다. 그는 또한 에티오피아에 존재하는 여러 다양한 부족과 소수민족들의 이름을 내게 알려주었다. 남녀 모두 다 잘 생긴 것으로 유명한 이슬람교를 믿는 하라리 부족은 아직도 고대 도시들처럼 거대한 성벽으로 둘러싸인 도시에서 살고 있고, 아파르 부족, 오움로우 부족, 사몰리 부족, 그리고 남부 지역에는 아누악 부족, 딩카 부족이 살고 있는데 이들 중 일부가 수단의 남쪽에서 거주하고 있다고 설명해주었다.

어렸을 때 한 친구가 자기 친척 중 한 명이 에티오피아에서 왔는데 그 친척이 에티오피아에는 일 년이 열두 달이 아니라 열세 달이라고 했다고 말한 적이 있었다. 어느 날 키다네와 함께 인터넷에서 에티오피아에 관한 정보를 찾고 있다가 이 말이 갑자기 생각나서 키다네에게 물어봤었다.

그가 말했다. "에티오피아 달력에는 모든 달이 다 삼십일로만 돼 있어서 삼십일 일이 들어가는 달의 서른한 번째 날을 전부 따로 모아다가 열세 번째 달을 별도로 만들었어요. 우리는 그렇게 만들어진 달을 파구멘이라고 부르지요. 따라서 매 사년 마다 오일 혹은 육일로 구성된 달이 생겨나지요. '그런데 혹, 다른 나라 사람들은 어떻게 일주일 보다 짧은 달이 있을 수 있을까?'라고 궁금해 할지 모르지만 그런 것이 바로 경이로움 그 자체인 에티오피아라는 나라에요."

"이 세상에서 에티오피아와 같은 달력을 쓰는 나라는 한 곳도 없지요. 일 년에 한 달이 더 있는 나라는 없지요." 그가 한 이 말이 마음에 떠오를 때 마다 나는 내 친한 친구들에게 묻곤 했다. "너희들 에티오피아는 일 년에 열세 달이 있다는 것 알고 있니?"라고

"이 자리 괜찮아요?" 언젠가 카페에서 어디에 앉을 가를 고민하고 있었을 때 그가 물었었다. "자리가 중요한 것은 아니지요. 중요

한 것은 누구와 앉느냐 지요. 사람에 따라서 그 자리가 에덴동산이 될 수도 있고 지옥이 될 수도 있거든요."

"그럼 나하고 앉아 있으니 이 자리가 에덴동산이네요." 이 말 때문에 우리는 한바탕 크게 웃었다. 그리고 어느 날 그가 나와 함께 있으면 마치 고향에 있는 것처럼 편하다고 말했을 때 나는 내가 조금이나마 타향살이의 슬픔을 줄여주었다는 생각에 너무 기뻤었다.

우리가 마지막으로 만난 날, 카페를 나서려고 돌아서는 그를 보자 어떤 강력한 힘을 가진 손이 내 심장에서 무엇인가를 짜내려는 듯 내 심장을 꽉 쥐고 있는 것처럼 느꼈다. 나는 그가 시야에서 사라질 때까지 계속 그를 바라보았다.

어느 저녁 무렵이었다. 양 옆으로 어린 나무들이 심어져 있는 넓은 들판에 친구와 둘이 서 있었다. 친구가 말했다. "넓은 공간에 있으면 상상력도 커지지" 그와 만났던 마지막 날 저녁에 나도 그를 다르게 상상했던 걸까? 실제로 그는 다른 사람이었었다. 아니면, 적어도 다른 사람이라고 느꼈었다. 왜냐하면 그에 관한 내 감정이 달랐었기 때문이다. "안녕"이라고 말하기 전에, 아마도 영원토록 "잘 지내세요," "연락 할게요", 그리고 "저를 잊지 마세요"와 같은 이별의 인사말을 하기도 전에 이미 그런 감정을 느꼈던 것 같다.

그와 작별 인사를 나눌 때 온갖 고통스러운 감정이 슬픔과 합세하여 나를 휘감았었다.

옆에 있는 친구에게 물어보았다. "언제 다른 곳에서라도 그 사람을 다시 볼 수 있을까? 이름이 키다네 키로스인데."

■ 강문순 역

부트루스
Butrus

만수라 에즈-엘딘
Mansura Ez-Eldin

The Way to Poppy Street And other short stories by 20 Arab Women writers

부트루스

　할아버지가 자신의 일에 몰두할 동안 나는 부트루스라는 이름으로 불렸던 사람에게 관심을 돌렸다. 나는 그가 부드러운 긴 머리칼에 날카로운 눈빛을 한 까무잡잡한 피부색을 한 청년으로 생각했다. 그는 성 레베카 교회(*이집트는 중동국가 가운데 기독교도가 가장 많은데, 그중 대부분이 기독교 일파인 콥트교회 신도이다.-역자주), 아니 이디스가 거만한 태도로 고쳐 발음하듯이, 성 '르~베카' 교회 신부님의 아들이었다.

　1976년 3월 22일 그가 아저씨 집을 방문했을 때 부트루스는 열일곱 살의 청년이었다. 그는 아저씨와 함께 나일 강가로 나갔다. 아저씨는 조금 후 겁먹은 표정으로 황급하게 집으로 돌아왔고, 부트루스는 그만 차가운 강바닥으로 익사하고 말았다. 바로 그날 밤이 내가 이 세상에 태어난 날이다.

할아버지는 우리들을 모아 놓고는 물의 요정들에게 홀려 익사한 부트루스에 대해 말씀하시곤 했다. 구경꾼들이 모이고 시신 수색작업을 돕기 위해 사람들이 강가에 모여왔을 때 그의 부모가 나일 강으로 달려와 아들의 시신을 수습하기 위해 어떻게 했는지 설명했다. 자정이 되도록 시신을 찾지 못하자 이들은 결국 등불을 들고는 되돌아오고 말았고 다음 주 내내 시신을 찾으려고 다시 강가를 찾았다고 했다. 하지만 할아버지는 부트루스가 마치 '소금 녹듯이' 나일 강 속으로 녹아들었다고 말씀하셨다.

결국 그의 아버지는 고향으로 돌아가게 되었고, 이후 부트루스는 우리 가족사의 한가운데에 확고하게 자리 잡게 되었다. 부트루스 이야기는 아이들을 겁줄 필요가 있을 때마다 그 이름이 들춰지곤 했다. 사람들은 생전 마지막으로 같은 학교 친구를 만나러 갈 때 그가 끌고 갔다는 자전거에 대해 얘기하곤 했다. 어떤 때는 그의 안경과 화학책이 이야기의 주요 내용으로 등장하기도 했다. 부트루스가 어떻게 생겼는지 궁금해 한 것은 나밖에 없었다. 그럴 때면 할아버지는 "큰 키에 건장한 체구야. 눈은 영국인처럼 푸른 빛이었어." 하시며 짜증나는 말투로 대답하셨다.

하지만 나는 부투루스가 밝은 눈에 얼굴 윤곽이 뚜렷하고 보기 좋을 정도로 까무잡잡했을 거라고 우겼다. 그러면 할아버지께서는 비꼬는 듯한 어투로 "우리 박사 아가씨, 그걸 어떻게 아셨누?" 하고 대꾸하셨다.

　화가 치민 나머지 난 더 이상 아무 말도 하지 않았다.

　이제와 할아버지에 대해 돌이켜보면, 잠시나마 최고의 자리를 허락해 준 이야기꾼이라는 권한을 독차지하려 하셨고, 당신의 이야기에 동조하지 않는다고 나를 놀려대곤 하시던 심술궂은 분이셨다.

　부트루스의 혼령은 우리의 어린 시절에 저녁만 되면 어김없이 찾아와 우리와 함께 했던 동반자였다. 어머니가 그의 이름을 떠올리기만 해도 무서운 나머지 우리들은 울음을 터뜨리곤 했다.

　그가 익사한지 일 년이 지난 후부터 그의 혼령이 강 주위 들판을 배회하기 시작했다. 할아버지는 바나나 나무 주변에 있을 때면 어김없이 그의 혼이 나타났다고 말씀하셨다. 화학책을 읽으며 앉아 있던 것이 다름아닌 부트루스 '자신'이었다는 것이다. 할아버지가 다가가자 그가, "아저씨, 늦으셨네요. 해가 미치기 전에 어서 집으로 가세요. 그리고 아들 모하메드는 잘 지내고 있어요? 제 소식 전해주시고 보고 싶다고 알려 주세요."라고 말했다는 것이다.

　이런 식의 이야기로 우리를 꼼짝없이 주목하게 만드신 후, 할아버지는 부트루스가 대신 우리 가족에게는 아무 피해도 주지 않겠다고 확실히 약속했노라고 덧붙이셨다.

　나 역시 친구들에게 부트루스에 대해 이야기하곤 했는데, 이야기할 때마다 매번 내 방식대로 이야기를 꾸며댔다. 예컨대, 그가 나타나 내게 솔로몬의 반지를 전해 주었고, 그걸 비밀 장소에 소중하게

부트루스　139

보관하고 있다가 내 꿈을 실현시키는데 쓰고 있다는 둥, 내가 세상에서 만난 제일 예쁜 아가씨라고 그가 말했다는 둥, 이런저런 식으로 꾸며댔다. 친구들은 두려워하면서도 어리둥절한 표정으로 내 이야기에 귀를 기우렸다.

어여쁜 모습의 이디스를 만난 것은 고등학생 시절이었다. 그녀는 칠흑처럼 까만 머리카락에 까만 눈동자를 가진 모습이었는데, 바라보고 있노라면 마음이 다 아릴 정도였다. 한번은 내가 익사한 부트루스의 아버지인 성 레베카 교회 신부님에 관해 들은 적이 있냐고 그녀에게 물었다. 까만 눈동자를 반짝이면서 일종의 귀족적인 오만한 태도로 그녀는 나에게 이렇게 대꾸했다. "'레베카 성인'이라고? 잘 모르겠어. 그거 오래전 일 아니니?"

이디스는 이런 사사로운 이야기에 관심이 없었다. 그녀는 계속 다른 관심사로 화제를 돌렸고 부트루스에 대해선 전혀 묻지 않았다.

이디스는 프랑스어에 유창했다. 그녀는 자기를 쳐다보는 사람들이 채 시선을 돌리기도 전에, 도무지 알 수 없다는 아련한 느낌만 남은 채로 그녀에게 끌리게 하는 방법을 알고 있었다. 그녀는 'r'을 프랑스어 식으로 발음했다. 그녀는 기술자인 아버지의 일 때문에 우리 마을에 오게 되었다. 이디스는 주위에서 벌어지는 모든 일에 대해 비웃곤 했다. 그녀는 남을 무시하는 듯한 웃음을 지었고, 마치 도박자금을 몽땅 잃고도 태연한 척 하는 도박꾼처럼 주위의 모든 일에 대해 아무 까닭 없이 우스꽝스러운 평을 달았다. 하지만 그녀는 성모 마리아에 대해 언급할 때는 평상시 약한 척 하면서 남의 마음을 유혹하는 그런 미리 계산된 평상시 어투와는 달리, 경외심을 표하는 말투로 중얼대곤 했다. 한번은 이디스가 성모 마리아에 대해 언급할 때 나도 모르게 그녀를 놀라게 해 울게 만든 적도 있었다.

이디스는 성모 마리아에 대한 질투심까지 갖고 있을 정도였다. 한번은 신부님께 이런 마음을 털어놓았다가, 신부님께서 그녀의 머리를 쓰다듬으며 무슨 말인가를 해주셨는데, 시간이 흘러 지금은 무슨 내용이었는지 기억은 안 나지만 무서웠다고 내게 말했다. 교회에서 신부님과 다른 친구들과 함께 "여인 중에 복되시며 태중의 아들 예수님 또한 복되시도다." 하며 기도문을 낭독할 때면, 지금도 신부님의 말씀 때문에 가슴이 떨리고 두려울 정도라는 것이다.

나는 처음부터 우리 둘을 함께 묶었던 어떤 알 수 없는 연대가 있다는 것을 알고 있었다. 나는 부트루스에 대한 궁금증을 갖고 이디스에게 다가갔으며, 이디스는 그녀의 방 벽에 걸려있던 성모 마리아와 성 조지, 그리고 살로메와 에스더에 대한 이야기를 갖고 우리의 우정을 키워나갔다.

첫 시작에는 무언가 알고픈 감정에 대한 이끌림이 있고 끝에 가면 쓴 맛이 있는 법이다. 강바닥 깊숙이 가라앉게 된 부트루스가 놀라면서 깨닫게 된 것과, 나에게 이별을 고하면서 이디스가 깨닫게 된 것도 바로 시작과 끝에 대한 이런 감정이었을 것이다. 그녀는 내게 보낸 첫 편지에서 우리의 노력에도 불구하고 모든 것이 너무 '저속했다'고 표현했다. 그녀와의 우정을 회복하기위해 이디스를 다시 찾았을 때 나 역시 끝남의 고통스러움을 맛보았다.

할아버지가 더 이상 부트루스의 이름을 불러내지 않을 때 내가 대신 수많은 성인의 그림으로 가득 찬 이디스의 방에 앉아 그에 대한 긴 이야기를 하곤 했다. 그녀는 나에게 플로베르, 위고 그리고 루소에 대해 눈 뜨게 해주었다. 내게 프랑스 시를 읽어주고는 우리말로 옮겨주기도 했다. 자신의 우월감과 함께 승리한 듯 웃음 짓는 그녀의 모습이 매력적으로 보이긴 했지만 이런 느낌 앞에서 나는 분노를 느꼈다. 하지만 그녀는 자신이 좋아했던 '피터'라는 남자 친구가 넋 나간 듯한 눈길로 나를 쳐다보자 왠지 왜소해 보이기 시작했고 뭔가 불편해하는 눈치였다. 내가 부트루스라고 부르곤 했던 피터는 잔잔한 미소와 함께, 내가 불러준 이름을 기꺼이 받아들였다. 피터는 "무슨 차이가 있겠어? 대신 나는 널 '마리안'이라고 부르겠어. '마리안' 어때?" 하며 내게 말했다.

피터는 이디스를 떠났지만 그건 나와 상관없는 일이었다. 피터와 나의 관계는 내가 상상 속에서 그렸던 과거 속의 그 청년, 바로 내가 태어난 날 익사했던 그 청년의 모습과 피터가 닮았다는 사실이 전부였다.

언젠가 하루는 자신의 방벽에 걸려 있는 모든 그림과 성모 마리아보다도 내가 더 자기와 가깝다고 그녀가 내게 말했다. 나는 왠지 그날따라 이디스의 방이 비좁다는 느낌을 받았다. 그러던 그녀가 모든 것이 저속하다는 말과 함께 눈물 흘리며 내게 작별을 고했다.

이디스가 자기 혼자 찍은 사진이 없다고 하면서 피터와 같이 찍은 사진을 내게 선물로 준 것은 악의적인 의도가 있어보였다. 그녀는 이렇게 말했다. "이런 식으로 해야 부트루스와 함께 찍은 마지막 사진을 없앨 수 있지 않겠니. 네가 피터를 부트루스라고 즐겨 불렀잖니?"

오랜만에 나는 그녀를 만나러 갔다. 그녀는 약간 어두운 분위기와 함께 여전히 아름다운 모습이었고 눈가에는 어렴풋하게 슬픔이 묻어 있었는데, 그 모습이 마치 그녀의 방에 걸려 있었던 여자 성인들의 모습을 생각나게 했다. 하지만 우리를 하나로 묶어주었던 것을 잡으려 한 필사적인 노력에도 불구하고 그녀는 이미 내가 갈 수 없는 저편으로 가 있었다.

그녀와 막 헤어질 때, 문득 부트루스라는 이름으로 통하던 한 청년의 어렴풋이 보이는 희미한 얼굴 모습이 떠오르면서, 이디스라는 이름의 친구 얼굴 모습이 내게서 사라졌다. 그리고는 나를 비웃곤 하시던 할아버지의 웃음소리가 내 귓가에 들려왔다.

■ 윤교찬 역

망각의 초상화
A Portrait of Forgetting

르네 하이예크
Renee Hayek

망각의 초상화

 해는 아직 뜨지 않았고 산들바람은 그녀가 전날 깜박 잊고 닫지 않은 셔터를 흔들고 있었다. 셔터가 흔들리는 소리가 그녀를 선잠에서 깨웠다. 매일 밤 나타나는 똑같은 꿈이 없었다면 그녀는 잠을 잤다는 느낌도 받지 못했을 것이다.
 여자는 느릿느릿 일어나 잠옷을 벗고 검은 드레스를 입었는데 마치 처음으로 그러는 것처럼 드레스의 단추를 채웠다. 그녀는 단추를 단춧구멍에 맞게 채울 수 없었다.
 여자는 침대를 정돈했는데 그건 그런 종류의 일을 뒤로 미루고 싶지 않기 때문이었고 슬리퍼에 발을 집어넣자 마치 발이 커진 것처럼 느꼈다. 그건 여름마다, 그리고 마찬가지로 겨울마다, 발을 괴롭히는 지독한 붓기임에 틀림없다.

그녀는 언제 커피를 끊었는지 생각이 안 났다. 아마 자기 남편이 죽고 두 달 뒤였을 거다. 이제 그녀는 더 이상 아침 커피 두 잔을 마시는 동안 앉아 있는 인내를 갖지 못했고 한 가지 일에 반시간도 전념할 수 없었다. 예전에는 그녀는 커피를 홀짝이면서 남편에게 말을 하곤 했었다. 이제 그녀는 그들이 무엇에 관해 얘기를 나누곤 했었는지 더 이상 기억할 수 없었다.

햇볕이 더 세지기 전에 그녀는 화분을 밖으로 내놓고 발코니에서 물을 줬다. 화분 쪽으로 가다가 그녀는 소파에 부딪혀 거의 넘어질 뻔했다. 손자 놈이군, 그녀가 생각했다. 소파를 옮긴 게 손자임에 틀림없다. 그 꼬마 놈. 참 개구쟁이기도 하지. 그녀는 손자를 사랑했지만 더 이상 어린아이를 돌볼 인내심도, 그리고 그 아이가 해달라는 것을 안 해 줄 인내심도 없었다. 그녀는 단 한 번도 자기 애들을 잡으러 뛰어간다거나 하지 말라고 말할 필요도 없이 어떻게 다 키워 냈었는지 생각했다. 그녀는 손자가 양육되어진 방식이 마음에 들지 않았다. 그 애의 엄마는 애가 원하는 대로 다 해주고 자기 맘대로 가구를 어질러놓도록 내버려뒀기 때문에 아이의 버릇을 망쳤다.

그녀는 발코니와 욕실을 왔다 갔다 하며 양동이를 채우고 화초마다 닦고 물주고 했다. 그녀는 화초들을 살펴봤고 마치 햇볕도 그전 같지 않듯이 화초들도 영롱한 초록빛이 없어진 것을 주목했다. 노점상들의 소리와 전기 발전기의 으르렁 소리가 그녀의 귀에 들려왔다. 여러 해 동안 집은 고요했었고, 어떤 소란도 거기 이르지 못했

없는데 그러다가 바깥의 길이 신작로가 되어버렸다.

집은 친근함과 고요함을 잃기 시작했다. 그녀는 더 이상 집을 영원히 순수하게 유지할 수 없었다. 하루가 저물 때면 먼지가 두껍게 쌓여서 가구를 덮었다. 먼지를 닦을 때 그녀는 더 이상 예전의 행복을 느낄 수 없었는데 왜냐하면 그녀가 이 일을 끝마치자마자 먼지가 다시 공격하는 것을 보았기 때문이다. 가구들도 변했다. 소파의 천은 벽에 죽 걸려 있는 가족 초상화들처럼, 즉 마치 초상화 속 가족들의 바로 그 웃음이 찌무룩해지고 그들의 모습이 초췌해진 것처럼, 먼지와 햇볕에 바랬다.

오랜 기간 그녀는 남편의 사진을 보지 않았다. 왜였을까? 그가 그렇게 차갑고 무감각해 보여서? 그녀가 남편의 모습에 대해 기억해 낼 수 있는 것은 그의 핏발서고 지친 눈이 전부였다. 그의 윗입술은 항상 말끔하게 면도가 되어있었다는 것도 그녀는 기억했다. 그녀는 남편에게 왜 콧수염을 기르지 않느냐고 한번 물어본 적이 있을 정도이다. 그는 자기가 먹고 마시는 모든 음식에 수염이 잠기는 것이 싫기 때문이라고 말했다.

그의 죽음은 하나의 기습이었다. 그녀는 그가 자신보다 먼저 세상을 뜨리라고는 꿈도 꿔보지 않았었다. 항상 배와 관절 부위에 있는 여러 가지 병과 통증에 대해 고통을 호소한 사람은 그녀였다. 그는 튼튼했다. 그는 한 번도 아프다고 해본 적이 없다. 그런데 그가 단 한 번의 급작스런 병으로 세상을 떴다.

처음에는 아들이 찾아왔고 이어 모든 자식들이 전부 편지를 써서 그녀에게 상복을 그만 입으라고 강권했다. 그녀의 며느리 또한 매일 찾아오고는 했다. 그러나 40일 동안의 애도가 끝나자 사람들이 차차 찾아오지 않게 되었고 외국에 있는 그녀의 자식들의 편지도 끊어졌다. 그녀의 아들과 딸은 그녀에게 상복을 딴 옷으로 바꿔 입으라고 귀찮게 하는 일을 그만 두었다. 아마도 그들은 그녀를 더 이상 보지 않을 것이다. 그녀의 아들은 이제 더 이상 밥 먹으러 건너와서 그녀의 요리를 칭찬하는 일을 하지 않게 되었다. 그녀에게는 자신이 한때 지녔던 요리에 대한 재능을 상실했다는 생각이 들었다.

그녀는 화초를 발코니로 이어지는 현관 뒤쪽으로 옮겼고 물을 한 양동이 길어왔다. 그녀는 발코니를 청소했고 복도를 따라 들고 가던 양동이에서 떨어진 물을 걸레로 닦았다.

이렇게 움직여서 지친 나머지 그녀는 부엌에 앉았다. 그녀의 눈길이 조리냄비가 꽉 들어찬 선반을 응시했다. 냄비들도 빛을 잃었다. 그녀의 손은 예전처럼 냄비를 닦을 기운이 없었다. 그녀는 치즈 조각 하나를 빵에 넣고 입맛 없이 먹었고 물을 마시며 당뇨병 약을 들이켰다.

하루는 언제나 길어보였는데 그건 하루가 일찍 시작되기 때문이다. 아무도 올 사람이 없을 것이다. 늘 그러듯이 그녀의 이웃인 움엘리어스가 아마도 한 시간 동안 마실 와서는 그녀에게 애들 아버지가 죽은 후에 손주들을 키우는 게 얼마나 사람을 지치게 하는지

애기할 것이며, 그러면 그녀는 울면서 자신의 운명을 저주할 것이며 산에 있던 그들의 옛집을 애기하면서 저 먼 곳을 응시할 것이다. 그들의 밭 위로 비추던 태양은 그녀의 눈에서 빛나게 될 것이다. 그녀는 처음에는 움과 같이 울었고 슬퍼했다. 그런데 이제는 비록 그녀가 움 엘리어스가 하는 말을 귀담아듣는 척하지만 사실 마음은 딴 데 가 있었다. 그녀는 슬프지 않았고 함께 울지도 않았다. 그녀는 가구에 낀 먼지를 닦는 일을 미루지 않는 것이 좋겠다고 생각했다. 그녀는 복도의 탁자에서부터 시작해서, 그 다음은 텔레비전, 그리고는 그 뒤 벽에 걸려있는 그림들의 순서로 먼지를 닦았는데 많은 성자들의 성상을 지날 때면 늘 성호를 긋고 마지막으로 남편의 초상화와 침실의 먼지를 닦았다.

남편이 죽으면서 그녀는 찬장에 있는 모든 것들의 먼지를 닦는 일도 시작했다. 청소할 때면 언제나 뒤져서 찾아낸 구닥다리 물건들은 나무상자 안에 모여졌다. 이 상자는 한때는 그녀의 첫아들이 구입한 시가 상자였다. 찬장을 지날 때면 언제나 그녀는 그 상자를 열어 보았고 뚜껑을 들어 올려 마치 정돈이라도 하려는 것처럼 안에 든 내용물을 훑었다. 거기에는 사진이 몇 장 있었는데 그중에는 땋아 늘인 머리가 허리의 잘록한 곳까지 내려가는 호리호리한 소녀였던 그녀 자신의 사진이 있었다. 자기가 예전에 얼마나 날씬했었는지 자식들에게 말할 때면 언제나 그녀의 아들은 씩 떠오르는 웃음을 감추고 자기 아내에게 눈을 깜빡이고는 했다. 당뇨병으로 그녀의 몸이 상당히 줄어든 뒤에도 자식들은 이를 알아채지 못하고 그녀가 뚱뚱하다고 계속 놀려댔다. 그녀는 아름다웠다. 남편과 결혼식 날 찍은 사진이 있었다. 그녀는 등이 높은 의자에 허리를 곧추펴고 앉아 머리를 꼿꼿이 들고 얼굴에 일체의 감정을 드러내지 않은 채 긴 하얀 옷을 입고 있었다. 그녀의 남편은 의자 등받이에 두 손을 올려놓고 그녀 뒤에 서 있었다. 그도 웃고 있지 않았다. 이들은 둘 다 사진사의 셔터가 찰칵대는 소리를 두려워하며 기다리고 있는 것처럼 보였다. 또 다른 사진도 있었는데 이건 아주 작았고, 그녀가 어렸을 때 죽은 아버지와, 그녀가 지금도 잘 기억하고 있는 옷을 입고 훤칠하게 서 있는 알렉산드리아에 사는 어머니의 사진이었다. 그녀는 이 사진만을 기억할 수 있었다. 그리고 첫 영성체 때 그녀의 자식들을 찍은 사진이 있었다. 그녀가 딸을 하나 갖는 축복을 누리기를 얼마나 바랐었는지. 그러나 신은 그녀에게 사내아이들만을 줬다. 이들은 일 때문에 혹은 다른 연고 관계들로 모두 멀리 떠나갔다.

 어머니를 방문할 때면 아들은 늘 자기가 일 때문에 얼마나 피곤한지 말했다. 그리고는 오랫동안 사라지곤 했다. 어떤 때는 그는 아버지의 연금을 어머니에게 전달하기 위해 한 달이 다 지나갈 때가 되서야 나타나기도 했다.

 아버지가 죽기 전에는 그는 아마도 부모 두 사람을 다 보려고 집에 오곤 했고 아버지가 죽은 후에도 한 달 동안 그렇게 계속했다.

그러다가 그의 방문이 그의 형제들이 보내는 편지만큼 점점 줄어들었다. 처음에는 이것이 그녀의 마음을 몹시 아프게 했다. 마치 죽음이 그들의 아버지에게 뿐만 아니라 그녀 자신에게도 찾아오기라도 한 것처럼. 한번은 그녀는 그가 집에 오는 유일한 동기는 아버지를 보기 위해서이고 어머니인 자신을 사랑하지 않는다고 그에게 말했다. 그는 그때는 죄의식을 느꼈고 나중에 이틀 뒤에, 그리고 그달이 끝날 무렵에 한 번 더 그녀를 방문했다.

그녀의 아들은 그녀에게 온 몇 통 안 되는 편지를 큰소리로 읽어주었고 그러면 그녀는 그에게 귀 기울였다. 그의 입에서 나오는 말은 그녀에게 자기가 들었지만 머리로는 이해하지는 못한 말들을 상기하게 했다. 그녀는 다시 한 번 읽어달라고 부탁하기가 두려웠다. 왜 직접 읽지 못하냐고 아들이 물어보자 그녀는 자신의 시력이 약해서 그렇게 할 수가 없다고 말했다. 그는 여기에 대해 그녀를 책망하면서 그녀가 검안사를 왜 만나야 하는지 계속 말했다. 그는 그녀를 억지로라도 보내겠다고 말했다. 자기가 그녀를 직접 데려가려고 했다.

또 언젠가는 그는 왜 그녀가 불필요한 집안일로 건강을 망치지 말고 영화나 보면서 소일하지 않느냐고 물어보았다. 그녀가 텔레비전에서 일어나는 일을 이해할 수 없다고 답해서 그가 머리를 숙여 인사하고 떠나버려서 손님들이 도착할 때 그의 아내가 손님들 영접을 해야 했다.

저녁이 되자 그녀의 얼굴에 수심이 가득했고 마치 황혼의 실타래들이 그녀의 안색과 뒤섞이기라도 한 듯 했고 그녀 또한 표정이 어두워졌다. 그녀는 왜 저녁이 오래전부터 이러한 모습들을 가져오는지 알지 못했다.

기도 묵주를 손에 쥐고 그녀는 마치 이 중얼거리는 기도가 저녁에 들었던 생각들을 몰아내기라도 할 것처럼 여러 시간 동안 계속되는 기도를 시작했다. 그녀의 남편은 그녀의 긴 기도 시간을 결코 좋아하지 않았고 그녀가 기도하러 물러나는 것을 볼 때면 언제나 퉁명스러워 졌다. 그가 매일 반대했음에도 불구하고 그는 가장 심하게 공격하던 시절에도 결코 그녀가 기도를 못하게 막지는 않았다.

저녁이 되자 남편이 들어왔다. 저녁이 그를 줄무늬 있는 파자마와 밤에 마시는 위스키 한잔과 함께, 마르고, 키가 크고 창백한 그녀의 옆에 자리 잡게 했다.

그녀는 그의 기침 소리와 현관으로 들어오는 그의 가벼운 발걸음 소리를 들었다.

가끔 그녀는 망각하기도 했다. 그러다가 밤에 깨서 그를 찾아보았다. 그녀는 그가 침대에 앉아 있는 것을 보고 왜 잠을 안 자느냐고 물었고, 그리고는 그녀는 자기 침대 곁에 차갑고, 자는 사람 없는 침대를 보았다.

일어나 앉아 그녀는 차가운 침대 머리에 기댔고 기도하기 시작했다.

■ 최인환 역

흐려지는 빛
A Fading Light

에브티삼 알 무알라
Ebtisam Al-Mualla

The Way to Poppy Street And other short stories by 20 Arab Women Writers

흐려지는 빛

　이사벨 아옌데(*Isabel Allende. 칠레 출신의 여성 소설가. 칠레 대통령이었던 고 살바도르 아옌데의 종질로 현재 남미의 가장 인기 있는 작가 중의 한 명이다.-역자주)의 목소리가 소설 제 4장에서부터 잦아들기 시작했다. 독서용 스탠드 불빛으로도 되살릴 수 없었다. 하는 수 없이 나는 책을 침대에서 밀치고 잠을 잤다.

　아침에도 역시 내 방은 안개로 가득 찼다. 나는 미친 듯이 그것을 물리치려고 했다. 화장실에 가서 찬물로 어푸어푸 세수를 하였다. 그리고는 방으로 돌아와 커튼을 젖히고 창문을 열었다. 흐릿한 방안 여기저기로 시선을 돌리며 돌아다니던 내 발이 방바닥에 떨어져 있던 책에 걸렸다. 이제 더 이상은 병원에 가는 것을 미룰 수 없었.

　의사는 '이 상태'에 대해 알고 있는 모든 지식을 풀며 마치 마룻

바닥에 떨어진 유리구슬을 꿰듯이 말을 이어갔다. 그리고 다시 한 번 내 눈에 라이트를 비추더니 아버지가 서 있는 쪽을 바라보았다.

"이리 오셔서 직접 보세요. 여기 부풀어 오른 것이 보이죠? 왼쪽 눈을 가로질러 투명한 막이 있는 것도 보이죠?"

그는 마치 내가 아니라 다른 사람 이야기를 하는 것처럼 아버지에게 말했다. 마치 내가 듣지도 보지도 못하는 것처럼. 마치 그 환한 방의 불이 모두 꺼져서 내 모습이 전혀 보이지 않는 것처럼. 마치 내가 그곳 높은 의자에 앉아 있는 것이 어머니의 꾸지람의 연장인 것처럼. "누구에 대한 반항이냐? 나? 아니면 네 아빠? 도대체 누구냐?" 어머니는 지치지도 않고 이렇게 나를 몰아세웠다.

그래도 나는 지지 않았다. 그냥 자리에서 일어나서 어머니의 볼을 한 번 꼬집고는 밖으로 나가버렸다. "걱정 말아요, 난 괜찮으니까. 다 좋아지고 있어요. 마리암에게 물어봐요, 거짓말인가."

마리암은 문 앞에 서서 미소를 지었다. 언제나 그랬다. 그리고는 어머니의 잔소리에 박자라도 맞추듯이 고개를 절레절레 저었다. "딸년 고집이 황소고집이라 정말 걱정이야."

실명의 냄새가 감도는 그 방을 나와 아버지와 함께 복도를 걸어서 아버지의 차가 주차되어 있는 곳으로 가면서 나는 다시 어린애가 된 것 같은 느낌이 들었다. 실로 몇 년 만에 다시 느껴보는 느낌이었다.

아버지는 걸어가면서 손가락으로 묵주를 세고 있었다. 나는 묵주

알들이 내 머리까지 닿았으면 하고 바랐다. 그래서 아버지가 차마 입에 내어 말하지 못하는 것들을 공개적으로 입 밖에 내어 말했으면 하고 바랐다. 그러면 나는 그것을 훌훌 털어버리고 아버지에게 내가 얼마나 화가 나 있는지 말할 수 있을 텐데. 나는 제대로 인생을 살지 못한 것에 대해 화가 났다. 나는 내기에 져서 화가 났고, 또 내가 읽은 모든 자립 안내서에 인생에 대한 나의 타는 열망이 쓸데없는 것으로 치부되어 있어서 화가 났고, 길모퉁이를 돌면 시커먼 어둠의 세계가 나를 기다리고 있는 것에 대해 죽도로 화가 났다. 어쩌면 나는 아버지가 묵주를 아버지 젤라비아(*아랍의 전통적 긴 옷-역자주) 주머니에 집어넣기를 바랐는지도 모른다. 그러면 아버지 마음속의 갈등을 보지 않을 수 있을 테니까. 아버지는 속으로 이런 생각을 하고 있을 것이다. 뭔가 말을 해야 하지 않을까? 아니면 그냥 입 닥치고 있을까? 의사의 직설적인 충고들을 다시 한 번 강조해야 하지 않을까? "나머지 한 눈이라도 최대한 오랫동안 보호하도록 하세요. 책 많이 읽지 말고, TV는 절대로 보지 말고, 조명에 신경 쓰고, 음식도 조심하고, 그리고 절대 운전하면 안 됩니다. 위험하니까요." 의사는 대충 이런 말들을 했었다.

  집으로 돌아가면서 나는 집에 도착하자마자 뭐든지 다 차 던져버리겠다는 생각만 했다. 이 세상 모든 것을 다 차 던져 버리겠다고 그리고 몇 년 동안이나 삼가오던 나쁜 버릇을 다시 시작하겠다고 생각했다.

침대에 앉아서 담배를 골초처럼 피워야지. 문밖으로 연기가 새어 나가서 사람들이 살펴보러 오면 그 사람들 얼굴에 대고 마구 연기를 내뿜어야지. 오빠들이 내 참을성을 시험하느라 냉장고에 쟁여놓은 펩시콜라 캔을 마구 들이켜야지. 내 책장 맨 위 칸에 꽂아놓은 깨알 같은 활자로 된 책들만 골라 읽고, 카푸치노 커피에 각설탕 다섯 개를 타서 맛있게 마시면서 컴퓨터 화면을 뚫어져라 쳐다봐야지. 이번에는 시계도 안 볼 거야. 그냥 눈이 아파서 눈물이 날 때까지 보는 거야.

한낮이 되면 마리암에게 전화해서 짐짓 신나는 태도로 극장에 가자고 해야지. 상영 중인 영화를 아무 거나 보고, 또 그 다음에 상영하는 영화도 보자고 해야지. 그런 다음, 친구들을 만나면 영화에 대해 비판적으로 말하는 대신 좋은 영화와 나쁜 영화를 구별하지 못하는 사람처럼 얘기하고, 줄거리를 전부 말해버려서 모두들 김새게 만들어야지.

피자 먹으러 가서 원하는 대로 실컷 디저트를 주문해야지. 항상 나만 디저트를 못 먹었으니까. 그러면서도 짐짓 쾌활한 척 했었으니까. 나에 대한 다른 친구들의 미안함을 덜어주려고 말이지. 이번에는 친구들도 내게 미안해할 필요가 없을 거야.

고등학교 동창생들도 정리해야지. 그 애들은 친구라기보다는 그냥 어쩔 수 없이 만나는 사이였으니까. 대학 가기 전에 같은 담장 속에서 살았기 때문에 말이지. 그때 우리는 우리 사이의 기본적인 차이를 깨닫지 못했어. 다른 사람들의 취향에 맞춰서 살던 철없는 때의 친구들이니까. 만일 쿨라가 내게 옷차림이나 헤어스타일이나 콧노래를 부르는 습관에 대해 뭐라고 하면 면전에 대놓고 소리를 질러야지. 내가 낼 수 있는 가장 큰소리로 네가 천사라도 된 줄 아느냐고 고래고래 고함을 쳐야지. 2년 전만해도 그 애는 니자르 카바니(*Nizar Qabbani(1923-1928). 시리아 외교관, 시인, 출판인. 아랍 세계에서 가장 존경받는 현대 시인 중 한 명-역자주)의 연애시에 매료되어 있었고, 최신 패션에 미쳐있었지. 그런데 2년 사이에 팸플릿을 돌리는 자원봉사자로 돌변하여 왜 향수를 뿌리느냐고 우리를 비난하면서 생전에 한 번도 들어본 적이 없는 예언자 얘기를 입에 달고 다니니. 그런 식으로 우리가 함께 보낸 시간들을 망치지 말라고 해야지. 만일 그 애가 뭐라고 반박하면 그 잘난 천국일랑 집어 치우라고 해야지. 내 인생에 남은 빛을 낭비할 시간이 없으니까. 그러다가 정말 화가 치밀면 친구들 앞에서 그 애의 비밀을 폭로할 지도 몰라. 그 애 집에는 남자 형제들뿐이라 나를 제외한 그 누구도 그 애 집에 가 본 적이 없거든. 그 애 컴퓨터 바탕 화면에 오사마 빈 라덴이 지팡이를 짚고 아프가니스탄의 산악지대를 걸어가는 사진이 있다고 쏘아주고 바로 나와 버릴 거야. 그러면 그 애는 그날 내내 다른 친구들의 놀림감이 되겠지. 하고 싶은 말은 뭐든지 해버릴 거야. 나중에 후회하더라도 말이지. 사실 나는 쿨라가 자기 생각과 행동의 변화를 그렇게 대담하게 표현하는 것이 부러웠어. 그녀의 평화로운 얼굴 표정도 부러웠어. 하지만 그래도 할 수 없지.

우리는 주유소에 차를 세웠다. 인도인 주유원이 바삐 뛰어왔다. 한낮의 뜨거운 태양 아래서 일하는 그의 얼굴은 땀으로 범벅이 되어 있었다. 나는 주유소 입구 바깥쪽에 있는 작은 선반 위에 얹혀있는 잡지들을 쳐다보았다. 그러자 아버지는 예의 불평을 늘어놓기 시작했다. "저것 좀 봐. 매일 새 잡지가 나와. 종이는 표지부터 속까지 번지르르한데 내용은 말짱 헛소리니 젊은 아이들이 뭘 배울까 걱정이야."

나는 차창을 내리고 핸드백을 뒤져 돈을 꺼내면서 재빨리 판매원에게 말했다. "『가족』하고 『걸프의 꽃』하고 『메아리』 주세요." 옆에서 아버지의 한숨 소리가 들렸다. 판매원에게서 잡지를 건네받자 나는 곧바로 비닐 커버를 찢고 잡지를 뒤적이기 시작했다. 나는 의식적으로 아버지의 시선을 무시했다. 의사가 나의 존재를 무시했던 것과 똑같이 말이다.

사실 나는 내용 따위는 관심도 없었기 때문에 그냥 사진만 훑어 보았다. 모든 사진이 다른 때보다 훨씬 더 아름다운 것 같이 느껴졌다. 게다가 훨씬 더 멀리 있는 것 같았다. 나는 왼쪽 눈을 감았다. 그러자 사진이 더욱 또렷해졌다. 이번에는 오른쪽 눈을 감았다. 그러자 사진은 초현실주의 그림으로 변했다. 물감이 내 무릎 위로 뚝뚝 떨어져 내릴 것만 같았다. 나는 계속 페이지를 넘겼다. 한편으로 나는 집에 도착하면 이렇게 잡지에 코를 박고 내 방까지 갈까 하는 생각을 했다. 방에 들어가면 서랍에서 작은 화장 세트를 꺼내어 생전 처음으로 마스카라와 아이섀도를 칠하고 거울을 보며 내 매력을 가늠해보리라. 내가 가진 것 중에서 내 눈이 가장 아름답다는 것을 확인하리라.

사진 왼쪽 면의 색깔이 흐려지고 글씨가 춤을 추었다.

며칠 후면 검정 색과 감색을 구별하기도 어려워질까? 초록색과 검정색마저도 구별하기 힘들어질까?

마리암의 얼굴을 쳐다보지 않고 그녀에게 말할 수 있을까? 어두운 색을 구별하기가 어려워졌다고, 또 앞으로 이런저런 일을 할 때 그녀의 도움이 필요할 거라고 말할 수 있을까? 손가락으로 귓불을 만지며 귀걸이 핀을 꽂을 구멍을 찾으면서 말이다. 그러면 그녀는 목소리에 감정을 드러내지 않으려고 조심하며 내 어깨에 손을 얹을 것이다. 나는 그것을 견뎌낼 수 있을까? 그녀는 작은 일에도 눈물을 줄줄 흘리지 않았던가? 그런 그녀가 감정을 억제할 수 있을까? 지금까지 차곡차곡 쌓아두었던 "네가 진즉에"라는 말을 전부 쏟아내지는 않을까?

"네가 진즉에 건강을 조심했더라면……"

"네가 진즉에 인슐린 주사를 꼬박꼬박 맞았더라면……"

"네가 진즉에 의사의 말을 심각하게 생각했더라면……"

만약 이런 질문들을 내가 아닌 다른 사람이 했다면 매우 바보같이 들렸을 것이다. 그러나 아버지와 나란히 자동차 앞자리에 앉아서 내일이 아니라 몇 시간 후의 일에 대해서 생각하고 있으려니까 마치 시간은 작렬하는 정오의 태양에 갑자기 노출된 한 조각 얼음 같았다. 가냘픈 다리로 뛰어 달아나는 영양을 전속력으로 쫓아가는 배고픈 사자 같은 느낌도 들었다.

집에 도착하자 나는 현관을 지나 바로 내 방으로 갔다. 어머니에게는 아버지가 좋도록 얘기하면 될 테니까. 방에 들어가 문을 잠그는데 아버지 목소리가 들렸다. "함께 밥 먹을 테냐, 아니면 바로 잘 테냐?"

"바로 잘 거예요."

아버지는 정말 내가 잠을 잘 수 있을 것이라고 생각했을까? 곧바로? 그렇게 간단하게 침대에 누워 잠 속으로 빠져 들어갈 수 있을 거라고? 오늘 들은 것을 다 잊어버리고, 남은 빛을 등지고 달콤한 꿈속에 잠길 수 있을 거라고? 문득 운전면허 시험에 합격한 날이 생각났다. 2년 전의 일이다. 나는 기뻐서 날뛰며 집으로 돌아왔다. 그때도 아버지는 같은 질문을 했다. "함께 밥 먹을 테냐, 아니면 바로 잘 테냐?"

그날 나는 아버지에게 이렇게 말했다. "어떻게 잠을 잘 수 있겠어요? 나는 그리스인 조르바처럼 춤출 거예요. 왈리드의 차를 몰고 샤르자(*아랍에미리트에서 세 번째로 큰 에미레이트, 또한 그곳의 수도-역자주) 전국을 이리저리 돌아다닐 거예요. 아버지가 제 차를 사주실 때까지 말이죠." 그리고는 방에 들어가 생전 처음으로 거울 앞에서 춤을 추며 미친 듯이 웃다가 침대에 엎어졌다. 웃음을 참으려 매트리스를 깨물기까지 했다.

정확히 일주일 후에 아버지는 내게 검정색 BMW를 사주셨다. 나는 차 백미러에 화려한 일본제 목걸이를 두르고 내 방에 있던 브라이언 애덤스와 마이클 부블레의 CD를 전부 자동차의 글로브 복스로 옮겼다. 그리고는 마치 자동차가 결혼식 날의 신부라도 되는 것처럼 마구 향수를 뿌렸다. 항상 장난스러운 왈리드뿐만 아니라 남동생들까지도 나를 부러워했다. 그들의 눈이 부러움으로 빛나는 것이 내 눈에 뚜렷이 보였다. 그때 나는 생전 처음으로 아버지가 나를 가장 사랑한다던 그들의 말이 맞다는 것을 실감했다.

갑자기 아버지 생각에 가슴 한쪽이 아려왔다. 그날 내게 새 차 열쇠를 넘겨주던 아버지의 손, 그의 큰 키. 나는 그날 고마운 마음에 어린 시절 이후 처음으로 아버지를 껴안고 아버지의 향수 냄새를 흠뻑 들이마셨다. 그리고 내 건강에 대해 말할 때면 항상 덧붙이던 몇몇 충고들.

운전면허를 따고 내 차까지 소유하게 된 이후, 나는 하루도 집에 붙어있지 않았다. 학기도 끝났기 때문에 나는 2주일동안 마리암을 비롯한 몇몇 친구들과 함께 내가 좋아하는 곳들을 쏘다녔다. 우리는 젊은 남자들이 없는 카페를 찾아 여기저기 돌아다녔다. 쿨라가 '파리'라고 부르는 그런 젊은 남자들은 소리를 지르고, 쉴 새 없이 핸드폰을 울리고 또 여자애들 주변에서 부산스럽게 굴기 때문에 딱 질색이었다. 그래서 결국 우리는 쇼핑몰에 있는 카페로 가게 되었고 거기 죽치고 앉아서 카페 앞을 지나는 사람들에 대해 촌평을 하며 시간을 보냈다. 지나치게 요란한 화장을 한 여자애, 남자들의 헤어스타일, 젊게 보이려고 안간힘을 쓰는 늙은 여자, 그리고 심지어는 체구에 맞지 않는 커다란 가방을 들고 그 여자들 뒤를 따라가는 가정부들에 이르기까지 하나도 빼지 않고 모두 우리의 화제에 올랐다.

　마리암과 단둘이 남게 되면 나는 속도를 줄이고 도심을 우회하여 공항과 대학 근처에 있는 공원 쪽으로 향했다. 우리의 화제도 완전히 바뀌었다. 세상이 작아지고 윤곽도 뚜렷해졌으며 모든 곳이 친근하게 느껴졌다. 우리는 먼 나라에 대해 얘기했으며 그곳이 얼마나 머나먼 지를 생각하고 놀람을 금치 못했다. 우리가 예전에 짰다가 미루어 둔 계획에 대해서도 얘기했다. 헬스클럽 가기, 매주 수영장 가기, 해수욕장의 접근 금지 구역에서 놀기, 일상의 습관을 박살내기, 정기적으로 만나 다시 한 번 읽고 싶은 책과 아직 읽지 못한 책, 그리고 우리의 '문맹' 친구들에 대해 얘기하기 등등. 그렇게 킬킬대며 웃다 보면 우리는 어느새 텅 빈 거리에 와 있기 일쑤였다. 사방에 땅거미가 내리고 있었다. 못 다한 얘기들을 남긴 채 내일을 기약해야했다.

　마리암과 함께 있을 때면 나는 어린 시절의 추억을 회상하는 할머니 같았다. 마리암은 기억력에 구멍이 있어서 어릴 때를 제대로 기억하지 못했고 또 생각하려 애쓰면 너무 피곤해졌다. 그래서 그녀는 내 어린 시절 얘기를 좋아했다. 그녀는 억지로 머리를 짜내어 말을 찾아내는 듯한 목소리로 이런저런 장소에서 어떤 일이 일어났는지, 또 반대로 이런저런 사건은 어떤 장소에서 일어났는지를 물어보는 등, 내 어린 시절의 세세한 점까지 알려고 했다. 그날 분의 얘기가 끝나면 마리암은 예의 조용한 태도를 벗어버리고 재잘대기 시작했다. 그녀는 혀짤배기였기 때문에 평소에는 'r'자가 들어간 말을 애써 피했다. 그런데 이때만큼은 그런 것은 아랑곳하지 않고 오색 색종이를 주머니에서 계속 꺼내는 마술사처럼 자신의 얘기를 한도 끝도 없이 풀어나갔다. 그녀의 이야기는 전혀 다른 요소들을 모아 붙인 이상한 콜라주 작품 같았다. 하지만 나는 그녀의 이야기를 믿었다. 그녀의 추억에 새로운 생명을 주기 위해 애써 믿어주었다.

때때로 그녀가 내 옆에 앉아있을 때면 나는 마리암의 기억상실이 꾸며낸 이야기가 아닐까 하는 생각이 들었다. 어쩌면 그녀는 어린 시절에 대해 자기가 알아야할 것보다 더 많은 것을 기억하고 있는 것은 아닐까? 그녀의 어린 시절은 광막한 정글과 같아서 만일 그곳에 발을 들여놓으면 늪에 발이 빠져 다시는 빠져나올 수 없을까봐 두려워하는 것은 아닐까? 그러나 나는 한 번도 그 말을 하지 않았다. 그냥 믿어주는 것이 내가 그녀에게 베풀 수 있는 유일한 보답이라는 것을 깨달았기 때문이었다. 내일 나는 물어보리라. 마리암, 과거의 기억을 잃는 것과 미래에 장님이 되는 것. 이 둘 중에 어느 쪽이 더 힘들까?

내 방의 정적과 혼란이 나를 엄습했다. 나는 눈을 감아버렸다. 힘

주어 꼭 감아버렸다. 이제 보이는 것은 캄캄한 장막 위에 송송 뚫려 있는 것 같은 조그만 빛 구멍뿐이었다. 때때로 실컷 자고 일어났을 때, 파란 색깔 위로 보이곤 하던 작은 점들이었다. 나는 눈을 감은 채 벽을 따라 더듬더듬 앞으로 나아가기 시작했다. 시력을 잃으면 다른 감각들이 더 예민해진다고들 한다. 어둠이 내린 후, 다른 감각들을 훈련하려면 얼마나 시간이 걸릴까?

손가락으로 책상 위를 더듬자 육면체 모양의 책들이 가지런히 꽂혀있는 것이 느껴졌다. 여러 가지 책표지와 판형들은 이제 더 이상 나의 관심사가 아닐 것이다.

만일 어둠이 얼마간의 유예 기간을 내게 허용하여 앞으로 2,30년 간 더 볼 수 있게 된다면 나는 그것을 보르헤스처럼 보낼 것이다. 책 냄새를 맡고, 가브리엘 가르시아 마르케스의 『백년 동안의 고독』과 압둘 라흐만 무니프(*Abdul Rahman Munif(1933~2004). 20세기 아랍 세계의 가장 중요한 소설가 중의 하나-역자주)의 『소금의 도시』, 오르한 파무크(*Ferit Orhan Pamuk (1952~). 터키 출신 소설가. 2006년 노벨 문학상 수상자-역자주)의 『눈』을 손으로 더듬어 구별해야할 것이다. 나는 계속해서 물건들을 더듬어 나갔다. 반쯤 열린 옷장에 손가락이 닿았다. 옷걸이에 걸려 있는 옷의 질감이 느껴졌다. 언젠가는 색깔 대신 천의 품질만으로 내가 입을 옷을 선택해야할 것인가? 다른 사람에게 내 옷 선택을 맡겨야할 것인가? 다른 사람의 취향에 따라 옷을 선택해놓고 마치 그것이 내 취향인 양 해야 하는 날이 올 것인가?

나는 책상 서랍의 나무를 쓰다듬었다. 그 위에 얹혀있는 작은 바구니 속에는 차 열쇠와 옷핀 몇 개, 작은 펜 몇 자루, 그리고 다 닳은 배터리 몇 개가 있었다. 모든 것이 차디차게 느껴졌다. 보지 못하면 모든 것이 온기를 잃는 것일까?

나는 바구니의 속의 내용물을 만지작거리다가 차 열쇠를 꺼냈다. 열쇠고리에 달린 은제 메달의 모양이 기억났다. 내 이름의 앞 철자가 박혀있는 그 메달은 첫 드라이브 때 마리암이 내게 준 선물이었다. 나는 불쑥 화가 치밀어 열쇠고리에서 메달을 빼냈다. 눈은 그대로 감은 채였다. 그것은 어렵지 않았다. 뿐만 아니라 열쇠에서 'M'자를 떼어내면서 나는 일종의 비장한 승리감마저 맛보았다.

나는 이 열쇠를 아버지에게 직접 드리지 않을 것이다. 그냥 아버지 방에 들어가서 아버지 젤라비야 주머니에 넣어둘 것이다. 그렇게 하면 다른 사람들 눈에 띠지 않게 살짝 아버지께 나의 체념을 알릴 수 있을 것이다. 나는 장님 노름을 계속했다. 그러다가 다시 방바닥의 책에 발이 걸리는 바람에 눈을 떴다. 실명에 대한 나의 슬픔은 파울라(*이자벨 아옌데의 딸. 의료 사고로 식물인간이 되었다가 결국 사망했다.-역자주)의 죽음에 대한 아옌데의 슬픔보다 결코 덜하지 않을 것이다.

시간은 빨리 지나갔다. 문득 옷장을 다시 정리해야겠다는 생각이 들었다. 의사는 내게 남은 빛이 전부 사라지려면 얼마나 걸리는지 분명히 말하지 않았다. 그러나 머지않아 내 왼쪽 눈에 어둠이 내릴 것을 그는 분명히 알고 있었다. 하지만 모든 물건을 손만 내밀면 쉽게 찾을 수 있는 자리에 정돈해놓을 시간 정도는 남아있을 것이다. 속옷이나 다른 소소한 물건 때문에 엄마의 도움을 받고 싶지 않았다. 다림질이 필요한 옷은 입지 않을 것이다. 눈이 잘 보일 때도 다림질은 질색이었으니까.

나는 방 전체를 보다 간소하게 정리할 것이다. 향수도 한 병만 남기고 다른 것은 모두 테이블에서 치워버릴 것이다. 앞으로는 방에 불을 환하게 켜놓고 되도록 오래 깨어 있을 것이다. 나중에, 잠을 통해 암흑에서 도망쳐야할 때, 그때 실컷 잘 수 있도록……

조금 전까지 나는 이런 생각들이 나의 굳센 의지에서 나온 것이라고 생각했다. 그 덕에 신경안정제를 꺼내 꿀꺽 삼켜버리지 않는 것이라고 생각했다. 그러면 평화롭고 영원한 잠 속에 빠질 수 있을 텐데. 그 속에서는 빛과 어둠의 구별도 사라져버릴 텐데. 그러나 내 생각의 궤적을 따라가다 보니 나는 그것이 굳센 의지가 아니라 나약함이었다는 것을 깨달았다. 나는 스스로가 경멸스러웠다. 그래서 반복하여 큰소리로 외쳤다. "더 중요한 일들이 있어. 더 중요한 일들이 있다고."

문득 앞으로 내가 그리워할 가장 중요한 것들의 목록을 만들어보고 싶어졌다. 가장 중요한 것은 아마도 얼굴일 것이다. 앞으로 기억해야할 얼굴들. 그 이목구비와 작은 특징들. 어머니의 이마, 눈 밑의 다크 서클, 작은 입. 아버지의 피부 빛, 곧은 콧대, 염색한 숱 많은 검은 수염. 왈리드 오빠가 친구들과 축구를 하고 집에 돌아올 때면 언제나 흥분으로 빛나던 그의 눈동자. 남동생 파이잘의 빛나는 하얀 이빨. 그 애가 웃는 모습을 보면서 나는 그 정도면 치약 선전에 나가도 되겠다고 생각했다. 동생 아흐메드의 다리에 난 시퍼런 상처, 모딜리아니의 그림을 닮은 할머니의 얼굴 …… 마리암의 보조개, 어린애 같은 웃음, 주위 사물을 넘어 저 먼 곳을 향하는 그녀의 눈, 다른 친구들, 우리 집의 여러 방들, 벽지, 내가 사랑하는 영화들 … 나의 작은 차. 그것을 타고 나는 빛의 속도로 달렸고 여러 장소와 이미지들을 수집했다. 마치 조만간 어둠이 나를 삼킬 것을, 그리하여 그 귀중한 장면들을 내게서 빼앗아 갈 것을 미리 알고 있었던 것처럼.

갑자기 가슴이 먹먹해졌다. 그러나 울어서는 안 되었다. 대체로 운 다음에는 한결 마음이 편해진다. 하지만 나의 경우는 울면 더 힘이 빠질 것이다. 그렇지 않다 하더라고 시야를 채우는 이 안개 너머로 스스로를 바라보면 십중팔구 자기 연민에 빠지게 될 것이다.

지금까지 사는 동안 장님과 직접 마주친 적이 있었는지 곰곰 생각해보았다. 어쩌다 그 사람을 만나게 되었는지, 또 그 사람이 손으로 더듬으며 세상 속을 나아가는 모습을 보았을 때 내 느낌이 어땠는지 기억해내려고 했다. 그러나 장님에 대해 내가 아는 것은 모두 책에 나온 것이거나 영화로 본 것이었다. 『세월』에 나오는 타하 후세인(*Taha Hussein(1889~1973). 이집트의 학자, 작가, 지식인. 어릴 때 이발

사의 잘못으로 장님이 되었으나 이를 극복하여 박사 학위를 받고 교수 등을 거쳐 이집트 교육부 장관을 지냈다. 노벨 문학상 후보에 오르기도 했다.『세월 Days』은 그의 자서전이다.-역자주), 영화 「킷캣」의 마흐무드 아브델 아지즈(*Mahmoud Abdel Aziz. 이집트의 유명 배우. '킷캣'이란 이집트의 동네을 배경으로 한 영화 「킷캣 Kit-Kat」에서 그는 오토바이를 타는 꿈을 꾸는 장님으로 나온다-역자주), 「어인의 향기」에서의 알 파치노, 레이먼드 카버(*Raymond Carver(1938~1988). 미국의 단편소설가, 시인.-역자주)의 단편 「대성당」의 주인공 등등. 그리고 이 사실 때문에 나는 슬펐다. 장님이 현실에서 그렇게 드문 것이라면 왜 하필 내가 선택되어야 하는가?

마침내 내가 전화를 받자 전화기 속에서 마리암이 말했다. "아침부터 논스톱으로 네게 전화를 걸었어. 어디 있었어? 내가 전화한 것 알았어?"

나는 그녀의 얼굴과 보조개를 머릿속에 떠올렸다. 그것은 마치 그녀가 내 앞에 있는 것처럼 선명했다. 그러나 그녀의 다른 부분은 그렇게 또렷하지 않았다. 의미로 충만한 그녀의 손짓과 커다란 눈에서 나오는 빛의 색깔조차 떠올릴 수 없었다.

그녀가 다시 물었다. "무슨 일이야? 왜 아무 말도 안 해? 내가 얼마나 많이 전화 했는지 알기나 해?"

나는 안개 때문에 그랬다고 운을 뗀 다음 내 이야기를 하기 시작했다.

■ 이봉지 역

부활행 버스
Resurrection Bus

로와다 알 베루쉬
Rawdha Al-Belushi

The Way to Poppy Street And other short stories by 20 Arab Women writers

부활행 버스

껌껌한 자리에서 구부정하게 앉아 비참한 얼굴 표정을 짓고 있는 사람들을 나는 쳐다보았다. 그들은 어떤 것에도 꼼짝도 하지 않았다. 난 격리된 감방처럼 적막하기만 한 이 버스에 탔었던 것을 기억 못했다. 또한 버스에 올라타기 전 목적지가 어디였는지도 기억 못했다. 기억한 것은 버스가 끝없이 이어진 길을 앞으로만 달려가고 있었다는 것이다. 버스 바깥에는 생명의 흔적이란 찾아볼 수 없었다. 이 사람들의 얼굴을 생전 처음 본 것으로 생각됐다. 사실 버스를 타 본 것이 이번이 생전 처음이었으니까!

여자 승객 한 명이 나른한 목소리로 투덜댔다. "흠, 지루해." 난 이 목소리가 흘러나온 곳을 향해 보았다. 버스 뒷좌석에는 여자 승객은 한 명도 없었고 나이도 다르고 생김새도 서로 다른 남자 승객

네 명만 있었다. 그들 중 한 명이 내게 관심을 보이더니 건방지고 음흉한 시선으로 나를 쳐다보기 시작했다. 그 남자의 미끈하게 빠진 이목구비와 벗겨진 넓은 이마는 거뭇한 창을 통해 들어오는 빛 때문에 반짝거리고 있었는데 이것이 나를 역겹게 했다.

그가 내 쪽으로 미소를 보냈지만 난 얼른 움츠려 다른 곳을 쳐다보았다.

40대 후반으로 보이는 한 여자가 바로 내 반대편에 앉아 있었다. 그녀는 엄숙한 모습으로 뉴스 방송을 진행하는 한 유명 앵커의 모습과 무척 닮아 보였다. 하지만 그녀는 안경을 끼고 있진 않았다. 그녀가 특별히 어느 한 곳만을 쳐다보지 않으려는 걸 난 알아차릴 수 있었다. 그녀는 자세에 신경을 쓰며 진홍색 커버의 작은 책을 읽고 있었다.

나는 그 책의 제목을 보려고 했지만 보지 못했다.

잘 생긴 남자애 한 명이 그녀 곁에 앉아있었다. 그 애의 회색 눈은 조카 녀석을 떠올리게 했고 이 때문에 그 애가 사랑스럽고 친근하게 느껴졌다. 그는 색종이로 만든 비행기를 갖고 노느라 정신이 없었다. 나는 그 애가 그 잘생긴 얼굴을 들어서 내게 달콤하고 부드러운 미소를 띠어 주길 바랐으나 내 바람뿐이었다.

덩치가 큰 운전기사 바로 뒤에 앉아 있던 나는 궁금해서 물었다.
"기사님, 죄송하지만 하나만 여쭈어 보겠는데요, 우린 지금 어디로 가고 있지요?"

"부활(Resurrection)이오." 기사는 나를 돌아보지도 않고 냉랭하게 대답했다. 또한 기사의 대답을 듣고 놀라 숨을 헐떡이는 30대 후반 가량의 여자에게도 전혀 관심을 보이지 않았다. 이 여자는 중간 크기의 책을 자리 한쪽으로 던져놓고 몸을 떨면서 자리에서 일어났다. 그리고는 번쩍이는 흰 손수건으로 안경을 닦았다. 놀란 그녀는 "지금 농담하고 계세요? 우리는 아직 죽지 않았잖아요, 그렇죠?" 라고 말했다. 기사는 아까처럼 냉랭하게 대답했다. "아뇨, 농담을 하는 게 아닙니다. …… 한 시간 내에 도착할 겁니다. 그러니 준비들 단단히 하세요."

겁에 질린 그녀의 표정이 다른 사람의 얼굴로까지 전염되진 않았다. 이상하게시리 나에겐 이 상황이 마치 친척집에 다니러 가는 것처럼 별 특별한 일이 아닌 아주 흔한 일 같았다.

곧 이어 미끈한 이목구비의 그 남자는 자기 자리에서 일어나 내 자리와 제일 가까운 곳인 앞자리에 앉았다. 이때 버스는 움직이려고 했다. 모든 사람들은 기다리는 무료함에서 벗어나려고 무언가를 하기 시작했다. 맨 끝자리에 앉아 있는 사업가처럼 생긴 남자는 주머니에서 작은 노트와 펜을 꺼내서 자신의 의견, 제안사항들, 몇몇 숫자를 적어나갔다. 하지만 얼마 못가 그는 노트를 확 잡아 찢어버렸고 잠시 후 또 다시 쓰기 시작했다.

30대로 보이는 한 여자는 핸드백에서 노란 모직 뜨개실과 바늘을 꺼내서 스카프처럼 생긴 것을 뜨느라 분주했다. 역겨운 그 대머리 남자는 화장품 가방을 꺼내서 얼굴에 파우더와 새빨간 립스틱을 바르기 시작했다. 그런데 그 남자는 돔처럼 둥그런 모양의 머리에 다른 색을 덧칠했고 그럴 때마다 날 쳐다보고 미소를 짓네!

내 새끼손가락을 더듬어 봤는데 약혼반지가 없어졌다!

핸드백과 자리를 전부 다 뒤져보았으나 찾을 수가 없었다.

심지어 구리 반지라도 괜찮으니 아무 반지라도 나왔으면 하는 바람으로 이곳저곳을 다 뒤져보았다. 아무도 나에게 관심을 주지 않았다.

난 나 자신을 탓하기 시작했다. 거기에서 죽은 약혼자를 만나기라도 한다면, 그리고 그가 그 반지를 보자고 한다면? 큰일이야!

잘 생긴 그 꼬마는 이런 상황에도 아랑곳 않고서 종이비행기만 계속해서 갖고 놀고 있었다.

잠시 후 생각했던 것을 적고 있던 그 남자가 일어나서 말했다. "펜, 펜이 필요해요. …… 급해요 잉크가 다 떨어졌거든요."

30대의 그 여성은 스카프처럼 생긴 것을 내던지고 울면서 말했다. "제기랄, 뜨개질도 잘 안 돼. 난 잘하는 게 하나도 없어. …… 응! 맙소사, 책이 어디로 간 거야. …… 난 책을 원해, 책을 원한다고."

운전기사는 화가 나서 소리를 질렀다. "신사, 숙녀 여러분 모두 조금만 진정해요. 거의 다 왔다고요!"

공포의 기운이 내 속 깊은 곳에서 치밀어 오르기 시작했다. 반지를 찾기 위해 자리 아래를 살펴보려고 일어났는데 이때 미끄덩한 이목구비를 지닌 그 남자가 내게 너무나 가까이 다가왔기 때문에 그의 화장이 내 얼굴에 묻을 뻔했다. 그 남자가 말했다. "소용없어요. 미녀님. …… 시간이 다 되었어요. 곧 도착하거든요. 그러니 멋이나 한껏 내고 내립시다."

속이 역겨웠다. 난 요란한 색깔로 떡칠한 그의 얼굴에 욕을 해댔다. 힘을 다해 그를 밀쳐내곤 기사에게 외쳤다. "세워주세요. 제발. 여기서 내려주세요. 반지를 찾아야 해요. 찾으면 다시 올게요."

"……"

"보세요, 제 말이 안 들려요? 지금 내리겠다고요."

"……"

난 기사가 잘 볼 수 있도록 바로 그 앞에 섰다. 하지만 그 거대한 덩치를 지닌 기사의 얼굴이 우리와 같은 얼굴이 아니라는 걸 보고 소스라쳐 놀랐다!

비틀거리다가 거의 넘어질 뻔했다. 가장 가까이에 있는 철제 손잡이를 꽉 잡았다. 그때 버스의 핸들 옆에 붙어 있는 빨간 버튼을 보게 되었다.

기사가 나를 제지하려 했지만, 난 빨간 버튼이 있는 데로 쑥 나가 그것을 눌러 버렸다.

문이 열리는 순간 강한 바람이 갑자기 밀려 들어왔기 때문에 사람들은 놀라서 뒷걸음질 쳤다. 뒤쪽에서 두려움의 비명 소리가 들렸다.

여자가 지르는 비명인지 남자가 지르는 비명인지 알 수 없었고 난 그것에 대해 관심도 없다.

버스에서 내리기 전에 잘 생긴 그 꼬마를 쳐다보았다. 꼬마는 여전히 자기 자리에서 색종이 비행기를 갖고 노는데 정신이 없었다. 꼬마의 그 아름다운 눈에서는 광채가 아직도 사라지지 않았다.

떨리는 몸을 버스 문 쪽으로 던졌다.

몸은 하나도 다치지 않았다. …… 몸이 땅에 닿지도 않았다.

끝도 없는 심연 속으로 떨어지고 있을 뿐이었다.

■ 김진옥 역

그림자들만 남는다
Only the Shadows Remain

라일라 알-오트만
Layla Al-Othman

The Way to Poppy Street And other short stories by 20 Arab Women writers

그림자들만 남는다

　무하이신은 애꾸가 아니었다. 하지만 먼 동네에까지 그가 사고로 눈을 다쳐 '애꾸'가 되었다는 소문이 나 있었다.
　어렸을 때 그는 자기 집 대문 앞에 모인 사람들 사이에 끼어드는 것을 좋아했다. 거기서 사람들은 걱정거리를 말하기도 하고 이웃사람들 소식을 전하기도 했다. 때로는 삶의 시름을 잊기 위해 한 사람이 농담을 하면 다른 사람이 그날 일어난 재미있는 일에 대해 떠들었고 그러다 보면 한바탕 웃음꽃이 피곤했다.
　무하이신은 밝고 명랑한 아이였다. 문 뒤에서 어머니가 부르는 소리가 들리면 달려가서 사그라든 석탄을 받아와서 아버지에게 건네곤 했다. 그러면 아버지는 그 석탄을 물 담배에 나누어주곤 했다.
　한번은 무하이신이 물 담배를 가지고 놀다가 타는 석탄을 놓치는 바람에 석탄이 이마에 떨어져 버렸다. 석탄은 눈 있는 데까지 미끄러져 내려간 다음 한쪽 눈썹을 태웠다. 그들은 그를 아부 파딜에게로 데려갔다. 아부 파딜은 이상한 냄새가 나는 약초를 으깨서 무하이신의 눈에 붙인 다음 붕대를 맸다. 그는 붕대를 풀지 말고 그대로 두었다가 일주일 후에 다시 오라고 말했다.

아부 다일은 약속한 시간에 붕대를 풀었다. 무하이신의 눈은 찌그러져 있었고 거의 눈을 뜨지 못했다.

그의 모습을 보자 어머니는 비명을 질렀다. 이때 아이들이 아부 파딜의 문밖에 있었다.

"하느님 맙소사, 애가 애꾸가 되었네!"

그 말은 그의 눈을 강타한 후 그의 마음속 깊이 박혔다.

그의 집은 이웃 동네로 이사를 갔고 이제 더 이상 아이들이 그를 '애꾸'라고 놀리지 않으리라고 생각했으나 아이들은 곧 그를 '애꾸'라고 불렀다. 이로 인해 그는 상처를 받기도 하고 당황하기도 했지만 그렇게 부른 어머니를 원망하지는 않았다. 그런 뜻으로 말씀하신 게 아니었으니까. 그렇긴 해도 특히 힘든 날에는 어머니에게 달려가 눈물을 줄줄 흘리며 불평을 했다.

"오늘부터 다시는 밖에 안 나갈 거예요."

그녀는 손으로 가슴을 쳤다.

"왜 그러니, 무하이신?"

"애들이 날 '애꾸'라고 해요. 속상해요."

어머니는 벌컥 화를 내며 아무 생각 없이 말했다.

"개새끼들. 잘 들어. 누가 너더러 또 그런 말을 하면 돌을 하나 집어든 다음 그 새끼 눈을 빼 버려."

이 말을 듣고 그의 아버지가 고함을 질렀다.

"아이한테 증오를 가르치고 있잖아. 만일 아이가 그렇게 해서 애들 중 하나라도 애꾸가 된다 치자. 그러면 어쩔 거야?"

어머니는 손을 흔들며 아버지의 말을 무시했다.

"제기랄, 딴 애들이 눈이 멀든 말든 무슨 상관이에요. 그럼 당신은 그 애들 땜에 우리 아들이 불행해져도 된다는 말이예요?"

그녀의 말을 무시하며 그는 아들 쪽을 보고 경고했다.

"잘 들어, 무하이신. 엄마 말은 듣지 마. 넌 애꾸가 아니야. 설사 그렇다고 해도 장애는 죄가 아니야. 중요한 건 사람들이 네가 장애인이라는 사실을 잊게 만드는 거야. 선량하고 용감한 사람이 되면 사람들이 널 사랑하고 존경할 거야. 그리고 애꾸라고 놀리지 않을 거야."

무하이신은 먼 곳을 바라보았다. 그의 시선은 자신의 집의 벽을 너머 저 멀리로 향하고 입술에는 미소가 떠올랐다. 그는 최초의 교훈을 배웠다.

자슘은 구덩이 바닥에서 나비를 보다가 외쳤다.

"세상에, 메뚜기네. 저걸 잡을래."

아이들이 그를 말렸다.

"그러지마, 자숨. 웅덩이에는 물이 고여 있어. 어제 비가 많이 왔잖아."

비웃으며 그가 대답했다.

"난 들어갈 거야, 겁쟁이들아."

그는 웅덩이 안으로 미끄러져 들어갔고 곧 허리까지 진흙 속에 잠겨 비명을 질렀다. 아이들은 그를 비웃었다 하지만 그가 공포에 차 울어대자 모두 그를 도우려고 달려들었다. 달려들기 전에 이런 말이 먼저 울려 퍼졌다.

"무하이신은 어디 있지? 그가 자숨을 구해 줄 텐데."

도와달라는 목소리가 들렸을 때 무하이신은 아버지와 함께 교회당에 있었다.

그는 혼잣말을 했다.

"악당들 같으니…… 기도할 때조차 평화로울 수가 없군. 무슨 일이야?"

그는 달렸고 하늘하늘한 그의 두건 천이 뒤에서 날렸다. 그가 도착하자 아이들은 애원하는 눈빛으로 그를 바라보았다. 그는 무슨 일이 벌어지고 있는지 모른 채 아이들 뒤에 서 있다가 마침내 구덩이 안을 들여다보았고 자신이 용기를 내야하는 상황이 닥친 걸 알아챘다

그는 울고 있는 자숨에게 소리쳤다.

"거기는 어떻게 내려갔니?"

그는 비난하는 눈길로 아이들의 얼굴을 쳐다보았다. 아이들은 변명을 했다.

"우린 그러지 말라고 했어."

"우리가 민 건 아니야."

"메뚜기를 잡으려고 내려 간 거야."

"쟤는 자기가 용감한 무하이신인지 아나봐."

무하이신은 아이들에게 조용히 하라고 했다.

"모두 입 닥쳐."

그는 자신의 두건을 벗어서 자숨에게 던져주었다.

"꼭 잡아. 내가 꺼내줄게. 자, 이제."

아이들에게 도와달라고 부탁했지만 그 아이들은 손가락 하나 까딱하지 않았다.

"까딱하면 우리가 딸려 들어 갈 거야. 쟤는 진흙 속에 반쯤 빠진데다 진흙은 알 수가 없어."

그는 땅에 침을 뱉었다.

"신의 저주가 내릴 거야. 이 겁쟁이들아."

그리고 나서 자숨에게 말했다.

"혼자서라도 널 꺼내줄게. 용기를 내."

그의 튼튼한 팔이 긴장하기 시작했고 숨소리는 더욱 더 거칠어졌다. 자숨을 진흙에서 꺼낸 후 그가 자숨에게 말했다.

"이제 발 한쪽을 올려서 벽을 디뎌 봐. 벽에다 무게를 싣고 몸을 앞으로 기울인 다음 기어올라 와 봐."

자슘은 용기를 내서 구덩이 밖으로 빠져나왔다. 옷은 진흙투성이였고 손발도 마찬가지였다. 아직도 씩씩 거리면서 그는 무하이신에게로 가 고맙다며 키스를 하려고 했으나 무하이신은 그를 밀쳐버렸다.

"다시는 그런 하찮은 걸 삽으려고 쫓아 다니지마. 너 미쳤니?"
"안 그럴게. 그리고 방금 네가 해준 일을 잊지 않을게"
소년들은 모두 입을 모아 우렁찬 목소리로 축하하며 뛰어다녔다.
"애꾸 무하이신이여 만수무강하길…… 용감한 무하이신이여 만수무강길."

무하이신은 애꾸눈을 비비고 행복해하며 안도의 한숨을 쉬었다. 그와 동시에 똑같은 질문이 계속 그의 뇌리를 떠나지 않았다.
"아무나가 이 소식을 들을까?"

살리아 알-마즈누나의 집에 불이 났던 날 마침 길거리에는 지나가던 무하이신 말고는 아무도 없었다. 그는 어머니의 심부름을 가던 중이었다. 그는 길로 뛰어내린 살리아 알-마즈 누나가 붉은 혀를 늘어뜨린 채 반쯤 죽은 상태인 것을 보았다. 그녀는 맨발이었고 그녀의 머릿수건은 찢어져 있었다.

"불이야…… 도와주세요! 불이야…… 아리시(*야자수 잎으로 만든 작은 헛간 -역자주)에 소가 있는데. 불에 타 죽을 거예요."

무하이신은 어머니의 말을 잊고 벽돌을 집어 든 다음 옆집 문을 벽돌로 쳤다. 집 안에 있던 여자들이 황급히 대피하면서 아이들에게 명령했다.

"빨리 가서…… 남자들에게 말해."

무하이신은 기다리지 않았다. 그는 집으로 들어가 전속력으로 아리시를 향해 달렸다. 소들이 미친 듯이 음매 음매 거리고 있었다. 불은 이미 목초 일부와 구석에 쌓아놓은 나무판자를 태웠다. 검은 연기가 솟아나고 있었다.

무하이신은 그 선량한 눈만 빼고 얼굴 전체를 두건으로 가렸다. 그는 소의 고삐를 찾아서 얼른 푼 다음 소를 몰고 거리로 나왔다. 소를 건네주자 살리아의 공포는 기쁨으로 변했다. 그녀는 무하이신을 잡고서 그에게 키스를 하려고 했으나 그는 그녀에게서 빠져나와 마당의 우물로 도망 간 다음 씩씩대며 우물물을 길어 불을 끄기 시작했다.

하지만 활활 타오른 불은 아리시 지붕으로 옮아갔고 붉은 혀를 날름대며 타오르는 불길 앞에서 물은 아무 소용이 없었다. 갑자기 불자동차의 사이렌 소리가 들렸다. 그는 양동이를 버리고 휴식을 취했다. 그리고 살리아가 기뻐하며 하나 밖에 없는 소를 끌어안고 있는 모습을 바라보았다. 그러면서 한편으로 다시 그 질문이 마음 속에서 사라지지 않았다.

아무나가 이 소식을 들을까?

무하이신은 이웃동네와 그 너머에까지 용감한 아이로 유명해졌다. 자신들이 게을러서 하지 못하는 일을 그에게 부탁하는 사람들이 많았지만, 그는 묵묵히 부탁을 들어주었다. 그는 사람들에게 감사를 바라지는 않았지만 사실은 사람들이 믿어주는 게 행복하고 자랑스러웠다.

그에게 중요한 사실은 아무나가 자신이 한 일을 아느냐는 것이었다. 이런 희망을 가질 때 마다 그는 애꾸눈을 잊고 마치 희망의 빛이 자신만을 위하여 빛나는 것처럼 먼 지평선을 바라보았다.

어느 날 오후, 소년들이 놀고 있었다. 그들은 웃고 이야기하고 깽깽이 달리기 내기를 하거나 틸라(*전통놀이로 작은 공을 구멍에 넣는 것이다-역자주)를 하고 있었다. 무하이신은 이 게임을 아주 잘했고 이길 때마다 아이들에게 자신이 애꾸임을 상기시켰다.

"애꾸가 이겼네."

아이들은 당황해서 벌건 얼굴로 웃으며 말했다.

"널 애꾸라고 부르려고 했던 건 아니야."

그는 그들의 웃음에 대답했다.

"화내는 거 아니야. '애꾸'…… 하지만 중요한 건 내가 볼 수 있다는 거야."

그들은 조용해졌고 그가 여기저기 보는 것을 지켜보았다. 그의 찌그러진 눈은 길 끄트머리에 있는 아무나의 집을 거의 삼켜버리다시피 했다. 그리고 그들은 잠시 동안 그가 꿈꾸게 내버려두었다. 그러고 나서 그들은 다 안다는 표정으로 서로를 바라보았다. 그들 중

한 아이가 그의 팔을 쳤다.

"무하이신, 그녀를 사랑하는 거야?"

그는 아래를 바라보았다.

다른 사람이 말했다.

"예쁘지도 않은데."

그는 도전적으로 턱을 치켜들었다.

"코가 너무 커"

"신의 아이인데, 신에게 반항하는 거야?"

"무하이신, 그녀는 아직도 침대에 오줌을 싼대."

그는 격렬하게 그녀의 편을 들었다.

"거짓말쟁이들. 누가 그런 말을 했어?"

"모두 다 아는 걸. 그녀의 집에 들어갔을 때 매트리스를 볕에 말리는 걸 보았어. 그리고 늘 매트리스에서 축축한 냄새가 나."

"그렇다고 그녀가 침대에 오줌을 싼 건 아니잖아. 축축하면 늘 썩기 마련인 걸. 네 입도 축축하면 그럴걸."

"왜 네가 그녀를 사랑하는지 모르겠어, 무하이신. 그녀는 거만하고 자기 밖에 모르는데."

"착한 여자라서 사랑해. 전에 우리 집 근처에 살 때 그녀 소문을 들었어. 그녀가 태어난 날은 기적이 일어났어. 비가 오면서 하늘이 열리고, 지상은 온통 초록빛이 되었고 곡식과 동물들이 번성해서 고통스럽던 수년간의 가뭄이 끝났데. 어떻게 그런 그녀를 사랑하지 않을 수 있어?"

"무하이신, 그녀를 사랑하는 사람들은 많아. 그녀는 널 거들떠보지도 않고 아마 좋아하지도 않을 거야."

그는 슬픈 미소를 지었다.

"그건 중요하지 않아. 내가 그녀를 사랑한다는 사실만이 중요해. 그녀 덕분에 너의 이웃이니 다른 이들에게 행운이 온다는 것을 늘 기억해야해. 아무나가 원하면 난 그녀를 위해 죽을 수도 있어.

소년들은 비웃었다.

"그녀를 그렇게 사랑한다는 거야. 너 미쳤어."

그는 펄쩍 뛰었다.

"너희들이 무슨 말을 해도 아무나는 사랑받을만해."

그는 그 집을 바라보며 멀리 걸어갔다. 그는 마음속으로 그녀가 그대로이기를 바랬다. 그가 그대로인 게 그녀에게 아무 의미가 없다고 해도 그랬다.

소년들은 그의 그림자를 쫓아갔으나 마침내 그는 시야에서 사라졌다. 그들은 자기네들끼리 말했다.

"정말 그녀를 그렇게 사랑할 수 있을까?"

"그녀를 위해서 죽을 수 있다고 하잖아."

"거짓말쟁이"

다른 소년이 그의 편을 들었다.

"아니야. 무하이신은 진심이야. 그는 용감하잖아."

"그렇다면 얼마나 용감한지 시험을 해보자."

어느 날 밤 그들이 다시 모였을 때 그들은 그에게 말했다.

"무하이신, 네가 떠난 다음 아무나가 나왔어. 네가 그녀를 사랑하고 그녀를 위해 기꺼이 죽을 수도 있다고 말하니까……"

"그녀가 가슴을 두근대며 얼굴이 발그스름해졌어."

"그래, 그랬어. 난 준비되어 있어."

"하지만 그녀는 우리말을 믿지 않아, 무하이신. 그런 말을 하는 사람은 많지만 행동하는 사람은 없다고 그녀가 말했어."

그는 어깨를 으쓱했다.

"그녀는 아무 말이나 해도 돼."

"하지만 우린 그녀가 네 말을 의심하게 내버려 둘 수는 없었어, 무하이신. 네가 진심으로 그녀를 사랑한다고 그녀에게 확신시켰어."

그는 한숨을 쉬었다.

"하느님 맙소사. 그러면 그녀가 네 말을 믿었단 말이야?"

"아니야, 무하이신. 한 가지 조건을 들어주면 진심이라고 믿겠데."

그는 자기 자리에서 벌떡 일어났다.

"하느님, 그게 뭐야?"

"네가 그녀를 사랑한다면, 진정으로 사랑한다면, 그럼 유리를 먹어보래."

무하이신의 몸이 축 쳐졌다. 마치 날카로운 칼에 찔린 느낌이었다. 그건 정말 이상한 조건이었다. 그렇게 선량하고, 그렇게 친절한 아무나가 어떻게 비열하게 그런 조건을 내세울까?

그의 입에서 이런 질문이 나왔고 그의 찌그러진 눈의 눈덩이가 부풀어 올랐다.

"나더러 유리를 먹으래?"

소년들은 그가 불편해하며 두려움에 떠는 걸 느꼈다.

"당연히 그런 조건을 받아들이지는 않겠지?"

그들은 그를 이겼다는 듯이 득의양양해서 도전적으로 그를 바라보았다. 하지만 그는 순간적으로 용기를 내서 굴복하지 않기로 결심했다.

"그녀의 조건을 받아들이겠어."

소년들은 헐떡였다.

"정말 그러겠다는 거야?"

그가 확신에 차 말했다.

"정말, 진짜 정말이야"

"언제 할 건데?"

"언제든 너희들이 원하면…… 그 대신 꼭 아무나에게 말해주어야 해."

그러자 소년들은 그렇게 하겠다고 약속했다.

그는 평소와 달리 인상을 찌푸리고 집에 들어가 방의 한쪽 구석에 앉아서 발을 만지다가 발끝에 묻은 진흙을 뜯어내려고 문질렀다.

마음속에 여러 생각과 의문이 떠올랐고 가슴 속 깊이 슬픔이 북받쳤다. 그의 얼굴에 슬픈 기색이 완연했다. 어머니가 알아차리고 다정하게 그의 옆에 와 앉았다.

"무하이신, 뭐가 잘못되었니?"

"아무것도 아니에요."

"누가 네 눈 가지고 놀렸니?"

"이제 더 이상 그러지 않아요. 절 용감한 아이라고 부르는 걸요."

"그럼 왜 그렇게 슬픈 거니?"

그는 어머니의 사랑에 찬 얼굴을 보았다. 어머니의 품에 안겨서 자신이 어머니 말고 다른 사람을 사랑하고 있으며 그래서 괴롭다고 말하고 싶었다. 자신이 사랑의 대가를 치르라는 요청을 받고 있으며 그 대가를 치를 것이라는 말도 하고 싶었다.

자신이 그녀를 얼마나 깊이 사랑하는지 떠오르지 않았다면 이 모든 것을 털어놓았을 것이다. 그리고 어머니가 알게 되면 마구 화를 내고 그 다음 날로 길거리로 뛰어나가 소년들을 때릴 것이다. 아니면…… 어쩌면, 어머니는 아무나의 집에까지 찾아가 그녀의 부모님께 이 이야기를 해서 그들을 화나게 만들고 온 동네에 한바탕 소동 피운 후 피를 보고서야 잠잠해질 것이다. 그는 어머니를 안심시키고 잠자리에 들었다. 그는 너무나 고통스러웠고 눈앞에 수많은 이미지가 지나갈 때 마다 얼굴에 깊은 주름이 생겼다.

그가 사랑을 증명하기 위해 먹어야하는 유리컵이 앞에 놓여 있었다. 그는 두려웠다. 용기를 내라고 재촉하는 소년들의 얼굴이 보였다. 그들에게 져 버릴까? 햇볕에 탄 아무나의 얼굴이 선량한 후광을 빛내며 나타났다. 정말로 해볼까? 죽을 수도 있는데!

아니야…… 그럼 안 돼…… 걔네들은 지옥에나 가라고 해.

그러나 갑자기 사악한 정령이 그의 자부심을 건드렸고 아무나의 얼굴이 생명의 신인 태양처럼 떠올랐다.

"난 이 일을 해야만 해. 일단 용기를 내지 않으면 다른 아이들이 날 안 믿을 거야. 아무나는 말만 하고 행동하지 않는 사람들에게 절망한 것처럼 내게도 실망할거야.

석양 무렵 소년들이 모여들었다. 소년들은 무하이신이 오는 것을 보자마자 믿을 수 없어 펄쩍 뛰었다. 그는 당당하게 웃으며 그들에게 다가왔다.

"좋아…… 시작할까?"

소년들은 모두 서로를 바라보았다. 소년들의 얼굴에는 놀라움이 서려 있었고 모두 무하이신이 들고 있는 꾸러미에 관심이 모아졌다.

소년들은 앉았다.

무하이신이 소년들 가운데 앉아서 꾸러미를 풀었다.

"이게 뭐야?"

소년들은 모두 한 목소리로 물었다.

그는 그 물건을 가리켰다.

"자 봐. 대추, 유리 한 조각, 막자사발이야."

그는 더 이상 질문을 듣지 않고 유리 조각을 들어 막자사발에 넣고, 가루가 되도록 갈았다. 그는 손가락으로 유리가루를 조금 집은 다음 그것을 아이들에게 보여 주었다.

"뭔지 알겠지? 이걸로 충분하지?"

소년들은 아무런 대답도 하지 못하고 놀라서 그가 무슨 짓을 할지 기다렸다. 그는 도전적으로 그들을 바라보았다. 그러고 나서 대추를 깐 다음 씨를 빼내고 대추를 유리와 함께 뭉쳤다. 그는 일곱 개의 작은 공 모양을 만든 후 소년들에게 보여주었다.

"대추 안에 유리가루를 넣었어, 이젠 됐니?"

소년들은 고개를 끄덕였다. 어린 소년 하나가 말했다.

"정말 먹을 거니?"

그는 평상시처럼 대담하게 대답했다.

"물론이지."

다른 아이가 소리쳤다.

"안 돼, 무하이신…… 다치면 안 돼."

그는 소년들의 공포를 무시했다.

"유리가 고와서…… 다치지 않을 거야."

또 다른 아이가 반대했다.

"하지만 그래도 유리잖아. 배 속에 상처가 날거야. 그리고……"

무하이신은 말을 막았다.

"아무나가 하라고 한 일이면 뭐든지 다 할 거야."

소년들은 그가 정말로 자해하려는 것을 알자, 공포에 질려 심장이 떨렸다. 그들은 농담이었는데 그걸 정말로 믿고 목숨을 던지려고 하는 것이었다. 그들은 그가 무서워졌다. 그렇게 용감하던 소년이 정말 죽을 수도 있었다.

그들은 그로부터 멀리 떨어진 곳으로 가 자기네들끼리 의논을 했다. 그러고 나서 그에게 달려가서 그를 보호하려고 에워쌌다.

"무하이신, 하지 마."

그들은 사방에서 그를 붙잡고 죽음이 깃든 대추를 멀리 치우려고 애썼다. 하지만, 힘이 센 그는 어떻게 해서든 그들에게서 빠져나왔다. 그들은 목소리를 높였다.

"무하이신, 놀리려고 그랬던 거야. 아무나는 아무 말도 안했어. 그녀를 네가 얼마나 사랑하는지 시험해보기 위해서 우리가 꾸며낸 이야기야."

그러나 그는 소년들의 말을 믿지 않았다.

"지금 하는 말이 거짓말이지. 아무나가 그런 조건을 내걸었는데, 이제 와서 겁이 난거지."

"무하이신, 목숨을 바쳐서는 안 돼. 우리는 너와 함께 살고 싶어. 우리에게 하찮은 것에 목숨 걸지 말라고 가르쳐준 게 바로 너잖아."

그의 눈이 번쩍였다.

"하지만 사랑은 하찮은 것이 아니야. 특히 착한 아무나를 사랑하는 건"

소년들은 그를 확신시키려고 했다.

"그녀는 네가 사랑하고 있는 걸 몰라."

그는 머리를 쳐들고 찌그러진 눈을 떴다. 은밀하게 그가 말했다.

"하지만 내가 그녀를 사랑해. 중요한 건 그것뿐이야. 그러니까 날 위해 하나에서 일곱까지 세어줘."

소년들은 거절하고 아무 말도 하지 않았다. 그의 이 사이에서 죽음의 종소리가 울릴 뿐이었다. 다른 소리는 전혀 들리지 않았다. 애꾸는 죽었다.

얼굴이 샛노래진 소년들이 구름떼처럼 그의 주위에 몰려들어 그들은 그의 임종을 지켜보았다.

그의 찌그러진 눈이 거의 다 떠지고 눈가에 희미한 미소가 번지는 것이 보였다. 소년들은 아무나의 집을 지날 때마다 그 미소를 떠올렸다. 그날 이후 소년들 중 누구도 아무나에게 사랑을 고백하지 않았다.

■ 조애리 역

길을 건너 간 남자
The Man Who Crossed the Street

바스마 엘-느소우르
Basma El-Nsour

The Way to Poppy Street And other short stories by 20 Arab Women writers

길을 건너간 남자

　어느 가을날 저녁때였거나 아침이었을 것이다. 그 일이 언제 일어났는가를 정확하게 아는 것은 중요치 않다.
　그들은 친한 친구사이였으므로 그 젊은 작가가 원할 때면 언제든 자신의 친구인 나이가 좀 있는 작가의 아파트로 달려갈 수 있을 것이라고 추정할 수 있다.
　나이가 좀 든 작가는 그날 저녁 시간을 온전히 조용하게 쉬면서 보낼 생각이었다. 그는 전화선을 뽑아 놓고, 커튼을 쳤다. 녹음기를 틀어 부드러운 음악을 듣고 있었다. 소파 위에 길게 누워 휴식이 주는 안락함을 음미하고 있었다. 기분 좋은 나른함이 몰려와 잠에 막 빠져들려고 할 참에 방문을 두드리는 소리가 크게 났다. 그는 나른한 발걸음을 천천히 문 쪽으로 옮겼다. 입에서 욕이 튀어 나왔다.

안으로 급히 들어온 사람은 젊은 작가였다. 그는 몹시 흥분해 있었다. 의자를 보자마자 앉더니 발을 탁자 위에 올려놓고 큰소리로 말했다.

"전화선 뽑아 놓지 말라고 내가 몇 번이나 말했어요? 정말 짜증 나요."

이 말을 마치자 그 젊은 작가는 자리에서 일어나 서재로 가서 서가에 꽂혀 있는 책들을 자세히 살펴보았다. 얼굴에는 짜증이 가득했다. 책 한 권을 꺼내 페이지를 대충 넘겨보다가 탁자에 던져 놓고는 중얼거렸다.

"다 헛소리야! 모두 쓰레기야! 우리는 겨우 이런 쓰레기나 쓰려고 평생을 바치고 있는 거예요!"

그는 나이 든 작가를 쳐다보면서 물었다.

"제발 대답 좀 해봐요. 세상에는 자신들의 손가락으로 대담하게 있는 그대로의 진실을 직접 만지면서 진정한 삶을 경험하는 사람들이 있는 반면, 평생 자신과 관계없는 사건들을 구경만 하면서 살아온, 오래전에 과부가 된 나이 든 여자들도 있지요. 우리가 이들 과부와 다른 게 도대체 무엇일까요? 우리는 물에 젖는 것이 두려워 바다에 가까이 가는 것을 주저하고 있지만 이들은 바다로 직접 뛰어들어 뼛속까지 물에 흠뻑 젖지요. 우리의 삶은 가망 없이 순결하기만 할 뿐이에요. 우리는 사람들이 사는 모습을 그저 구경만하고 이를 바보처럼 종이 위에 적기만 하죠. 우리는 우리가 쓴 글과 함께 지옥에나 갈 거예요!"

그는 부엌으로 가서 주전자를 꽝 내려치면서 설탕이 어디 있냐고 소리를 질렀다. 나이 든 작가는 조금 화가 난 목소리로 대답했다.

"며칠 전에 다 떨어졌네."

젊은 작가는 방으로 다시 와서는 창 쪽으로 가 커튼을 걷고 창문을 열었다. 나이가 든 작가는 체념한 듯 그의 곁으로 가서는 그의 어깨를 두드리며 마치 아버지 같은 목소리로 물었다.

"뭐 좀 들겠나?"

그의 목소리는 괄괄했다.

"아무것도 먹고 싶지 않아요."

두 남자는 창틀에 기대어 서서 말없이 거리를 내려다보았다. 젊은 작가가 먼저 말을 꺼냈다.

"저기 길을 건너려는 남자의 생김새를 자세히 보세요. 아무 생각이 없는 사람처럼 보이죠? 장담컨대 저 남자는 체홉이라는 작가의 이름도 들어본 적이 없을 테지만 잘 살고 있어요. 또한 자기 아내에게 주려고 무언가를 샀을 거예요. 바로 이 순간, 저 남자의 아내는 집에서 무릎 상처가 다 드러나는 반바지를 입은, 살이 통통하게 오른 아이를 안고 저 남자를 기다리고 있겠지요. 아이는 아빠가 왜 안 오느냐고 엄마에게 계속 묻고 있을 것이고요."

나이 든 작가의 얼굴에 미소가 번졌다. 그는 어깨를 한번 들썩하더니 무심하게 물었다.

"저 사람이 직업이 뭐일 것 같나?"

"공무원이요"

라고 젊은 작가가 대답했다.

"규율이 몸에 밴 사람 같아요. 저 사람은 비밀보고서 같은 것이 필요 없는 사람인 것 같은데요. 또한 시간관념이 철저한 사람 같기도 하고요."

나이 든 작가가 젊은 작가의 말을 중간에서 끊었다. 화기 좀 난 듯했다.

"틀렸네! 저 남자의 얼굴을 보게나. 무표정이지 않은가? 저 얼굴은 살인자의 얼굴일세. 나는 저 사람이 조금 전에 끔찍한 범죄를 저질렀다고 생각하네. 자신의 아내를 살해했을 걸세. 그 여자는 미인이고, 머리가 엄청나게 좋고, 아주 착한 여자였네. 저 남자가 평소보다 집에 일찍 들어갔는데 집안 곳곳에서 다른 남자의 향수 냄새가 났고, 담배꽁초가 여러 개 재떨이에 쌓여 있는 것을 보았네. 그는 곧장 부엌으로 갔지. 부엌에서는 음식이 한창 끓고 있었네. 그는 부엌에서 큰 칼을 들고 나와 아내의 가슴을 찔렀네. '배신자'라고 외치면서 말이야."

젊은 작가는 웃음이 나오는 걸 멈출 수가 없었다. 너무 심하게 웃어대서 눈에 눈물이 다 맺힐 지경이었지만 평정심을 유지하려고 했다. 그가 말했다.

"그 이야기는 여태껏 제가 들어 본 이야기 중에서 최악인데요 너무 고리타분하네요."

그 사이 길을 건너려던 남자는 길을 다 건너 인도에서 누군가를 기다리는 듯 서 있었다. 두 작가는 그 남자를 매우 흥미롭게 지켜봤다. 그 남자는 움직이지 않고 그 자리에 선 채로 주위를 살피면서 안절부절못했다. 나이 든 작가가 속삭이듯 조심스럽게 말했다.

"저 남자는 지금 생각이란 걸 할 수가 없을 걸세. 무엇을 해야 할지 모르고 있거든. 상충되는 감정으로 괴로워하고 있는 걸세. 분별력을 완전히 상실했네……"

젊은 작가가 나이 든 작가의 말을 끊고 불쑥 이야기를 꺼냈다.

"아니에요. 만나기로 한 친구가 아직 오지 않아서 초조해 하고 있을 뿐이에요. 저곳에서 그를 만나 직장 상사 문병을 같이 가기로 했거든요. 직장 상사는 일전에 수술을 받은 적이 있는데 얼마 전 옆구리에 극심한 통증이 있어서 직장에서 구급차에 실려 갔었거든요. 이 두 친구는 직장 상사의 통증의 원인에 관해서 다르게 생각하고 있어요. 응급실에 같이 갔던 그 두 사람의 직장 동료가 사무실로 돌아와서 원인은 맹장염이었다고 말해 주었지요."

택시 한 대가 가까이 오자 그 남자는 택시를 불렀다. 택시가 서자 그 남자는 몸을 굽혀 차창을 통해 택시 기사에게 몇 마디 하는 듯했다. 택시 기사는 잘 알겠다는 듯이 고개를 끄덕였다. 그 남자는 차 문을 열고 택시에 타더니 택시 기사 옆에 앉았다. 택시는 먼지바람을 남긴 채 그곳을 떠났다.

두 작가는 몹시 실망했다. 이 두 작가의 얼굴에는 길을 건넌 그 남자를 향한 깊은 분노가 드러나 있었다. 그들은 슬픈 표정을 지으며 한동안 그 자리에 그대로 서 있었다. 두 작가가 알지 못하는 목적지를 향해 급하게 발걸음을 옮기는 많은 사람들로 가득한 거리를 불만에 차서 응시하면서.

■ 강문순 역

형편없는 수프!
Bad Soup!

라티파 바카
Latifa Baqa

The Way to Poppy Street And other short stories by 20 Arab Women writers

형편없는 수프!

어제 저녁 수프는 정말 형편없었다. 집을 나서기 전에 파티마에게 다음번에는 좀 더 맛있게 만들어 주었으면 한다고 말할 작정이었다. 그러다가 나는 황급히 코트를 걸쳐 입고는 문을 나선다. 서두르다가 자칫 애를 밟을 뻔 했다. 문을 꽝 닫고 나설 때 등뒤로 애 우는 소리가 들려온다.

밖으로 나서자 햇살에 눈이 따갑다. 버스 정류장에 이르자 햇살이 서서히 내 얼굴을 애무해온다. 이윽고 버스가 도착한다. 어느 가문인지 집안 식구들로 붐빈 버스가 그 무게 때문에 기어가는 듯하다. 모두들 오늘이 월요일이라는 사실에 동의한다. 한 주를 시작하는 첫날이라는 것이다.

"아야!" 내가 외마디 비명을 지른다. 누군가 내 발을 밟은 것이다.

아침부터 재수 없기는! 오늘은 전자기구 가게 사장부터 시작해 볼 것이다. 그녀는 내 말을 듣고는 아침 아홉 시경에 날 만나겠다고 했다. (내 가짜 명품시계는 정확하게 아홉 시를 가리키고 있었다.)

통통하게 생긴 수위가 짜증나는 투로 내게 말했다. "사장님 아직 출근 안 했었어요"

"저를 도와주시겠다고 약속하시면서 아홉 시에 만나자고······"

"한 시간 후에 와 봐요." 내 말을 자르면서 그가 대꾸한다.

문득 아침 시간에 도시 구경이나 하면서 걸어 다녀보자는 생각이 떠오른다. 별안간 웃음이 터진다. 재수 없는 저녁에 재수 없는 아침이더니! 이젠 재수 없는 하루가 시작되네! 별안간 프랑스의 릴 지역에 사는 사촌 생각이 난다. 그는 "제파"(zeffat)(*"tar" 즉 도로포장용 시커먼 타르를 의미한다. 여기서는 사촌의 남루한 모습을 빗대어 한 표현이다.-역자주)라고 불리는데, 그 이유는 여름이면 낡은 옷을 거치곤 모로코로 돌아오기 때문이다. 그는 프랑스 주인이 입던 옷이라는 흔적을 감추기 위해 말끔하게 다림질해 입고는 가족에게 줄 싸구려 선물을 가져온다. 그는 연신 프랑스에 대해 떠들어대면서, 천국 같다느니, 거기 살면 꿈이 현실이 된다느니 하며 지껄여 댔다. "일할 자리가 너무 많고······," "일한 만큼 돈을 받는데, 일할 데가 천지에 깔려있다니까. 자기만 원하면 하루에 스무 시간도 일할 수 있고 마지막 일 분까지도 돈을 받는다니까. 한번 상상이나 해 봐······"

대체 나의 아침 산보를 가로막는 자가 누군가 하는 생각이 들어,

문득 고개를 들어 쳐다보니 멍청한 듯 웃음을 띤 표정으로 앞에서 제파가 희죽대고 있다. 나는 걸음을 멈추곤 다른 길로 들어선다. 그는 아무 말도 하지 않은 채 마치 알하지(Si al-Hadj) 씨의 암염소를 성희롱한 사건에 연루되었던 동네 아이들 같은 표정을 짓고 있었다. 불쌍한 녀석! 좀 전까지만 해도 건방진 표정을 짓더니만 이제 내 눈가에 뭔가 조롱하는 듯한 표정이 보이자 이내 표정이 바뀌고 만다.

나는 배꼽 잡듯이 웃으며 그에게 묻는다. "알하지 씨 댁 염소 말고 같고 놀 다른 염소는 아직 못 찾았나 보네?"

시 알하지 씨는 부족의 족장이며 눈빛이 빛나는 암염소를 가지고 있다. 추수할 무렵에 어른들이 들판으로 나가면 망할 놈의 어린놈들은 벌써부터 밤 계획을 세우곤 했다.

뭉틀한 코를 한 어린 아이샤(Aisha)가 성희롱 사건의 목격자였다. 그녀는 남자 아이들이 자기들 고추를 염소에게 처박고 있었고 웃는 표정을 하던 염소는 눈이 더 빛났다고 했다. 이런 장난질에 호감을 보이던 이아다 아줌마(Mmi Iada) 역시 암염소의 눈이 이상할 정도로 빛났다고 했다. 암염소를 가진 그녀는 알하지 씨를 포함해 남자들이 모여 있는 곳을 지날 때마다 이렇게 말하곤 했다. "어떤 경우 내 잘못이 크지만 어떤 때는 우리 암염소가 문제를 일으킨답니다."

이럴 때면 화가 치민 나머지, 알하지 씨가 그녀에게 대놓고 욕을 퍼붓곤 한다. "이 못 생긴 여편네, 저리 꺼지지 못 해!"

산보를 계속 하다가 내가 읽지 않은 책들이 진열되어 있는 서점

진열대를 지나게 된다. 문득 『렌즈콩의 시절』(Days of Lentils)에 등장했던 한 인물이 생각난다. 그는 책방에 들어가서는 원하는 책을 몽땅 산 후 책방을 나서곤 했다.

나도 그렇게 해 볼까? 나는 곧장 역사서적, 소설, 과학서적, 종교서적 등등이 진열되어 있는 오른편 책장으로 직행한다. 다시 반대편으로 걸어간다. 과학서적은 책방 모든 곳에 있었다. 바르트의 저서 한 권을 집어 든다. 언젠가 책방 창문으로 본 적이 있는 서적이었다. 나는 책 뒤표지를 훑어본다. 큼직한 내 핸드백은 열려 있는 상태이다.

"가만히 핸드백 속으로 책을 밀어 넣어볼까. 힐끗 점원을 쳐다보니, 고객과 씨름하느라 정신이 없어 보인다. 아무런 문제도 없을 것 같다. 호기다! 근데, 위층이 있었네! 어떤 자가 내려다보고 있다. 게다가 빙긋 웃고 있는 게 아닌가."

혹시 쳐다보다가 지겨워 다른 곳으로 고개를 돌릴까 해서 나 나름대로 바쁜 척 해 본다. 그 순간 책방 점원이 내게 다가오더니 책을 살 거냐고 묻는다. 나는 고개를 들어 위층 남자에게 시선을 돌린다. 그리고는 책을 원래 위치에 돌려놓고 책방을 뛰쳐나온다.

"사장님 돌아오셨나요?"

수위는 마치 자기가 주인인 듯 비웃는 표정으로 나를 쳐다보면서, 아직 안 왔다고 말한다.

"아니 역시 반인데 안 왔어요?" 내가 한마디 한다.

"사장이 없다고 말했지요. 아예 안 올 수도 있어요. 그리고 여긴 빈자리가 없어요. 매일 청소하는 사람이 둘이나 있어요."

매일 청소한다고! 이런 망할 놈에게 설명을 할 필요가 있을까? 사장이 내게 한 말을 이 자에게 말해줄까? 새언니가 해준 스프에 넌더리가 나고, 오빠랑 언니가 지난 구 년 동안 매년 한 명씩 낳은 조카들의 악쓰는 소리에 질렸다고 말해줄까? 내가 청소부 자리 때문에 온 게 아니고 내가 지저분하지도 않다고 말해줄까? 그리고 더 이상 참을 수 없다고 말해주고는 내가 소위 '사회학'이라는 분야의 학사자격을 가졌다고 말해줄까? 뚱뚱한 문지기는 다른 고객 때문에 바빠 보인다.

"내일 다시 와요." 그가 대꾸한다.

"다시 오고말고요. 제과점 주인에게 말해서 하루 더 휴가를 얻을 테니까. 그리고 사장 사무실에서 직접 볼 수 있을 거예요."

집으로 돌아 왔다. 어제 저녁 수프 맛이 그녀가 만든 다른 스프 맛과 전혀 다르지 않았다고 말한다고 해놓고선 그만 까먹고 말았다. 하지만 수프를 맛있게 만들어야 한다는 그런 생각이 무슨 소용이 있단 말인가? 그게 언제부터인지 모르지만 그녀가 수프를 맛있게 요리해야 한다는 생각이 들기 시작했었다. 오빠는 맛이 없다는 사실을 알지도 못 하는데다가, 조카들은 더 심하게 악을 써대고 있다. 오빠의 담뱃값은 이 년 새 세 배가 뛰었고 벌써 오래 전부터 웃음을 잃은 채 살아왔다. 이 모든 것을 자연스럽게 받아들이는 파티마는 매일 저녁 스프에 쓸 당근과 무를 연신 깎아대고 있다. 도대체 내가 바라고 있는 변화란 무어며 이런 나는 무어란 말인가? 나 역시 한 달에 삼 백 더햄(dirham) 하는 급여를 받으며 제과점에서 일하고 있지 않은가? 그리고 이 순간 기억나는 게 있다. 제파라고 한 내 사촌이 파티마에게 나와 같이 살고 싶다고 말했다는 것이다. 나에 대해 떠도는 소문에도 불구하고, 내가 서른한 살이나 먹었다는 사실에도 불구하고, 나의 '남자다움'에 대해, 그리고 말도 안 되는 내 허영심에 대해 소문을 들었음에도 불구하고 나와 살고 싶어 하다니. 그는 이를 위해 영원히 고국으로 돌아와 집을 세얻어 살면서 나를 일에서 해방시키겠다고 말했다는 것이다.

"이게 정답이야. 너는 다른 결혼한 여자들처럼 여주인이 되는 거야. 청소도 하고 빨래도 하면서, 애를 낳고(애를 낳는 것은 정말 중요한 일이고 그래야 다른 생각을 안 하게 된다는 것이다), 맛있는 요리도 하고." 그는 이렇게 잘라 말했다.

요리를 한다고! 매일 밤 수프를 요리한다고! 파티마가 만드는 그런 요리를 한다는 것인가?

"파티마, 지난 저녁 수프는 너무 맛이 없었어!" 내가 외쳐댔다.

"그래요!" 그녀가 대답했다. "그래서 어쩌라고 네 오빠는 뭐든지 맛있게만 먹던데."

내 사촌 역시 뭐든지 닥치는 대로 먹어댈 것이다. 수프, 오르기만 하는 설탕, 빵, 담뱃값, 그리고 자식새끼들이 악쓰는 소리 등등.

"앞뒤도 못 가리는 사촌이라면 아예 꺼져버리라고!" 나는 고함을 질러댔다.

내 고함소리에 옆에 앉아 조카들 옷을 갈아입히던 파티마가 흠칫 놀라하는 모습이었다.

"아가씨, 뭐라고요? 방금 뭐라고 했어요?"

"아네요. 아무 말도 안 했어요."

■ 윤교찬 역

역자 후기

1.

『베트남 단편소설선』과 『아랍 단편소설선』에 이어 『아랍여성 단편소설선』을 내놓게 되어 기쁘다. 비서구권 문학의 번역을 통해 가야트리 스피박의 말대로 시·공간을 가로지르는 상상력, 즉 '텔레오포이에시스'를 배양하고 이를 통해 불평등과 불균형의 시정에 기여했으면 하는 것이 역자들의 바람이다.

2011년 아랍권을 휩쓴 이른바 '재스민 혁명'으로 민주화 바람이 불었고 독재자들의 철권통치가 막을 내렸다. 이런 정치적 억압의 해체와 철폐에 이르는 여정의 일부를 이 소설 속에 나타난 독재에 대한 비판과 저항에서 엿볼 수 있을 것이다. 동시에 이 책의 여성작가들은 아랍 가부장제 특유의 여성 억압적인 경험을 날카롭고 섬세하게 관찰하고 있으며 그러한 관찰 속에 이미 저항의 가능성이 배태되어 있다. 여성에게 처녀성이 중심적인 가치가 되고, 불륜을 저지르거나 성폭행을 당한 여성을 명예 살인하는 사회의 폭압성이 여성을 위축시키는 것은 사실이지만 동시에 이에 대한 분노와 저항이 소설의 긴장의 핵을 이룬다. 『아랍여성 단편소설선』은 이들 여성들의 내면의 은밀한 절망, 욕망, 분노, 저항을 담고 있으며 독자는 이 책을 통해 아랍사회 전체의 구조적 모순을 들여다 볼 수 있을 뿐만 아니라 아랍여성만의 독특한 경험을 이해하게 될 것이다.

논의의 편의상 아랍 여성작가들의 관심사를 여성의 순결에 대한 남성들의 강박증에 대한 비판, 여성의 새로운 정체성 모색, 독재 체제 아래서의 공포의 내면화와 저항의 가능성으로 나누어 설명해보겠다.

2.

아랍 여성작가들의 주제 중 하나가 바로 처녀성에 대한 아랍사회의 강박적인 관심이다. 이는 아랍 문화권의 가부장제의 견고함을 보여주는 현상이기도 하다. 혼전 여성의 처녀성 상실이 가족과 부족의 불명예로 여겨지는 사회적 분위기 속에서 여성이 인권을 유린당하고 폭력에 노출되는 비인간적인 일이 일상사가 된다. 예를 들면, 「처녀성을 빼앗은 기념 불꽃놀이」는 10살짜리 딸의 처녀막이 온전히 보전되었는지를 확인하고자 아버지가 자기 부하를 시켜 딸을 강간하게 하고, 그 현장에서 터져 나오는 붉은 피를 보고서야 안심하는 부조리한 현실을 비판한다. 강간을 통해 순결을 확인한 것을 축하하는 거창한 불꽃놀이의 묘사는 여성의 관점에서 남성들의 처녀성에 대한 강박증에 거침없이 하이킥을 날린다. 「붉은 얼룩」도 사춘기 소녀인 작중화자가 처녀성을 지켜야 한다는 생각을 강박적으로 내면화하는 과정을 다룬다. 어린 소녀들에게 혀를 내밀어보라 하여 처녀 여부를 판별하는 장면은 동네 소녀들의 장난기 어린 행동이지만 판별 받는 당사자들에게는 가슴 조마조마한 일이다. 작중 화자는 '누군가의 노예'가 되고 싶지 않다며 자신을 결혼시키려는 어머니에게 격렬히 따지며 마룻바닥에 있는 '붉은 얼룩'

을 응시한다. 결혼 초야의 순결의 피를 연상시키는 붉은 얼룩에 관한 이야기 속에서 순결을 입증해야 하는 아랍여성들이 느끼는 강박감과 두려움이 잘 나타나 있다.

3.

아랍여성들은 견고한 가부장제 하에서 수동적 체념적 삶을 살기도 하지만, 억압의 이면은 저항이다. 여성의 불만과 분노는 인습에 대한 저항, 나아가 과감한 행동을 낳는다. 「사랑」에서 다루는 불륜의 사랑은 이중적으로 대담한 도전이다. 이성과 사회적 관습에 의해 사랑의 감정과 열정을 억눌러 왔던 여주인공은 이제 자기 안에서 터져 나오는 열정을 억압하지 않고 순간의 감정에 충실하려고 한다. 여기서 우선 여성이 성적 욕망을 표현하는 것이 첫 번째 도전이다. 나아가 불륜은 곧 처형을 의미하는 아랍사회에서 이런 사랑은 목숨을 건 선택이기도 하다. 그러나 여주인공은 죄의식을 떨쳐버리고 육체적 사랑에 자신을 내맡긴 순간 지금까지 경험해 보지 못한 해방감을 느끼며 이러한 여주인공을 그리는 가운데 작가는 여성의 성을 둘러싼 금기에 온몸으로 저항한다.

「도전」은 멋진 남자의 차 마시는 모습에 매료된 열두 살의 어린 소녀가 이 남자의 행동을 그대로 따라하는 것을 그리고 있다. 그녀는 뜨거운 차를 우아하게 마시는 도전과제를 완수하기 위해 부드러운 입천장이 벗겨지는 고통을 감내해내야 하는데 마치 사진작가가 완벽한 타이밍으로 고통의 순간을 포착하기라도 한 것처럼 소녀의 제스처가 독자에게 생생하게 다가온다. 이것은 여성의 역할을 내면화하는 것이 아니라 남성을 모방한다는 점에서 여성의 성역할에 대한 문제제기를 담고 있다고 볼 수 있다. 「이건 아냐」에서는 장애인이라는 이유로 연민과 동정의 대상이 되는 것을 거부하고, 불편한 삶을 극복하고 삶의 의지를 포기하지 않는 여주인공의 긍정적 태도가 도드라진다. 장애인인 딸은 자신의 아름다운 육체를 사랑하는 가운데 새로운 주체로 거듭나며 삶 전체를 긍정하게 된다. 이 작품이 보이는 육체의 아름다움에 대한 긍정은 「결혼식」의 여주인공에 이르면 더 복합적인 의미를 갖게 된다. 여주인공은 육체적인 아름다움 때문에 여러 번 결혼식을 올렸으나 이제는 결혼 자체에 대해 이끌리며 동시에 거부감을 갖는데, 이는 육체적 아름다움이 갖는 의미를 재고하는 저자의 생각을 반영한다.

4.

많은 아랍권 국가들의 독재는 억압적, 자의적, 폭력적 속성을 지닌다. 이런 폭력성은 공포감을 조성하여 인간의 내면을 마비시킨다. 「아무도 그걸 몰라」는 죽음을 앞둔 화자가 30년 만에 고향을 방문하나 그곳이 독약살포로 거대한 묘지로 변모한 현실을 담담한 어조로 제시한다. 정치적 이익에 따라 가난하고 힘없는 민중을 손쉽게 몰살시킨 정치 지도자들을 직접적으로 강하게 비판한 작품이다. 「기름 얼룩」은 기름 천지인 산유국 중동에서 차(茶) 얼룩 때문에 해고를 당하는 부조리한 삶을 형상화한다. 독재자 같은 여사장 앞에서 파리 목숨처럼 위태롭게 살다가 느닷없이 해고를 당하는 남자 일꾼의 비루한 삶을 통해서 작가는 독재가 가진 자의성을 폭로한다. 「뉴스 앵커가 한 말」은 택시 승객들이 뉴스 앵커의 말을 듣는 순간 얼어붙어 서로를 의심하게 되는 상황을 그리고 있다. 독재 체제 하에서는 사람들 사이의 일상적인 사소한 '공감의 끈'마저도 허용되지 않는 살벌한 현실의 단면을 잘 보여주는 작품이다.

억압에 대해 적극적으로 저항하는 작품으로 「양귀비 거리로 가는 길」이 있다. 여기서는 힘없고 무시당하는 한 여성이 자신의 권리를 주장하고 정의를 추구하는 삶의 과정이 잘 재현되어 있다. 젊은 여주인공은 대낮에 금목걸이를 털리지만 도둑을 끝까지 쫓아가서 붙잡아 목걸이를 돌려달라며 저항한다. 그녀는 발로 차이고 땅바닥에 처박혀 칼로 위협을 당하며 목숨을 잃을 수도 있지만 작가는 그녀의 편에 서서 구경꾼들의 방관적 태도에 분노한다. 여기서 작가가 형상화 해낸 분노는 내면을 얼어붙게 하는 폭력적인 독재에 대한 효과적인 비판이기도 하다.

5.

이 책에서 제시된 아랍여성들이 처한 궁지는 고립된 예일 수는 없다. 자유, 인권, 행복, 정체성을 열망하는 이들의 두근거리는 가슴은 시·공간과 문화적 차이를 넘어 큰 울림을 줄 것이다. 아랍여성 작가들이 글을 쓰는 이유 중 하나는, 세상을 좀 더 나은 곳으로 바꾸고 싶어 하는 열망 때문일 것이다. 이런 점에서 이들의 글쓰기는 정치적 행위이다. 차도르를 두른 아랍여성의 눈빛은 비수처럼 날카롭다. 독재, 차별, 폭력, 비인간화를 경계하기 때문이다. 검은 차도르 속 붉은 방은 핏빛이다. 핏빛은 내면의 상처와 분노로 얼룩진 공간이다. 화산처럼 폭발할 위력을 지닌 공간이기도 하다.

『아라비안나이트』에 등장하는 세헤라자드는 매일 밤 술탄의 강요 때문에 살기 위해 이야기의 실타래를 짰다. 절박한 벼랑 끝에서 핀 이야기꽃이다. 이 『아랍여성 단편소설선』 속 여성작가들은 부조리한 사회현실에 맞서 저항하고, 자신들의 욕망과 행복과 정체성을 적극적으로 모색한다. 아랍 여성들의 이름은 핏빛이었다. 우리가 피를 먹고 핀 아름다운 양귀비꽃을 기억해야 하는 이유다.

편자 및 작가 소개(작품순)

엮은이

샤뮤엘 시몽(Samuel Shimon)

1956년 이라크에서 태어났다. 1979년 고국을 떠나 아랍 여러 곳에서 활동하다 1996년 이후 런던에서 거주하고 있다. 아랍문학을 영어권에 소개하는 잡지 『바니팔』(Banipal)을 운영하면서 창작 활동을 하고 있다. 2005년에 자전적 장편소설 『파리의 이라크인』을 발간하였다.

지은이

하이파 비타르 Haifa Bitar

시리아 태생으로 안과의사이다. 11권의 단편집과 9권의 장편을 낼 정도로 왕성한 활동을 하는 작가이다. 여러 상을 수상하였다.

사하 토피그 Sahar Tawfig

1951년 이집트 카이로에서 태어났다. 두 권의 장편소설과 여러 권의 단편소설을 발표하였다. 1985년에 영어 단편소설집 『나침반의 점들』이 미국에서 출판되었다.

와파 마리흐 Wafa Malih

1975년 모로코 남부에서 태어났다. 대학을 졸업한 후 기자로 활동하였고 2004년에는 첫 단편집을 출간하였다. 2007년에는 첫 장편소설 『남자가 울 때』를 발표했다. 2010년에는 두 번째 단편집을 출간하였다.

조카 알 하르티 Jokha Al-Harthi

오만 출신 작가이다. 영국에서 고전 아랍문학으로 박사학위를 받았다. 4권의 단편집을 출간하였다. 2004년에는 장편소설 『꿈』을 발표하였다. 2010년에는 두 번째 장편소설 『달의 여인』을 출간하였다.

라비아 라이하네 Rabia Raihane

모로코 태생이다. 현재 모로코 교육부에서 일하고 있다. 8권의 단편집을 출간하였으며 영어를 비롯한 여러 나라의 언어로 번역되었다. 아랍에미리트의 7개 토후국(土侯國) 중 하나이며 아랍의 문화 유산 수도라 불리는 샤르자(Sharjah)에서 주는 여성문학상을 받았다.

나디아 알코카바니 Nadiah Alkokabany

예멘 작가이다. 카이로대학에서 건축학으로 박사학위를 받았다. 졸업 후 다시 사나대학에서 가르치고 있다. 2001년 이후 여러 권의 단편집과 장편소설 『사랑은 더 이상』을 출간하였다.

후자마 하바예브 Huzamah Habayeb

팔레스타인 출신으로 쿠웨이트에서 크고 자랐다. 1990년까지 쿠웨이트에서 기자로 일하였으며 걸프전 이후 요르단으로 이주하였다. 요르단에서 창작을 시작하여 많은 단편집과 장편을 발표하였다. 현재 아부다비로 이주하여 창작생활을 하고 있다.

갈리아 카바니 Ghalia Kabbani

시리아 작가이다. 어린 시절을 쿠웨이트에서 보냈는데 1990년 이라크의 침공 이후 시리아로 돌아왔다. 1979년 이후 줄곧 기자로 활동하였고 현재는 알 하이야트 신문의 칼럼니스트이다. 1992년에 단편집을 출간하였고, 1998년에는 장편소설 『여름의 거울』을 발표하였다. 2003년에 두 번째 단편집, 2005년에 세 번째 단편집을 출간하였다. 두 번째 장편소설 『비밀과 거짓말』을 2010년에 출간하였다.

나지와 빈샤트완 Najwa Binshatwan

1970년 리비아에서 태어났다. 교육과학 석사를 받은 후 리비아 가리우니스 대학에서 가르쳤다. 2002년에 첫 시집을 낸 후 극작가가 되었다. 네 권의 단편집과 1권의 장편소설을 출판하였다. 2010년에는 유망한 아랍작가를 발굴하는 베이루트39 프로젝트에서 아랍 젊은 작가의 한 사람으로 선정되기도 하였다.

하디야 후세인 Hadiyya Hussein

이라크 바그다드 출신이다. 첫 단편집이 1993년에 출간되었다. 두 번째 단편집이 1998년에 나왔다. 2000년에 바그다드를 떠나 요르단 암만으로 이사하였다. 2001년에 첫 장편소설을 출간하였다. 여러 권의 단편집과 장편소설을 낸 그녀는 이라크 작가인 남편과 더불어 캐나다로 이주하였다.

라치다 엘 차르니 Rachida El-Charni

1967년 튀니지에서 태어났다. 법학을 공부한 후 아랍 잡지와 신문에 단편소설을 발표하였다. 1997년에 첫 단편집을 발표하여 튀니지의 아랍 여성 문학상을 받았다. 2000년에 두 번째 단편집을 출간하였고 이 작품으로 역시 아랍 여성문학상을 받았다. 2002년에 베이루트에서 새로운 단편집이 출간되었고 2011년에는 첫 장편소설 『그녀의 고통에 대한 찬가』도 출간되었다.

마리암 알-사에디 Mariam Al-Saedi

1974년 아랍에미리트에서 태어났다. 대학을 졸업한 후 스코틀랜드에서 공부를 계속하였다. 아부다비 교통성에서 일하면서 창작을 하고 있다. 두 권의 단편집을 출간하였으며 독일어와 영어로 번역되었다.

라니아 마문 Rania Mamoun

1979년 수단에서 태어났다. 2006년에 장편소설을 냈고 2009년에는 단편집을 출간하였다. 현재 수단의 문학잡지에서 일하며 창작 활동을 하고 있다.

만수라 에즈-엘딘 Mansura Ez-Eldin

1976년 이집트에서 태어났다. 카이로에서 신문방송학을 전공한 후 작품을 발표하였다. 2001년에 첫 단편집을 출간하였다. 2004년에는 첫 장편소설을 발표하였는데 이 작품은 카이로의 아메리칸 대학 출판부에서 영어로 출판되었다. 두 번째 장편소설 『낙원을 넘어서』는 2010년 아랍 소설상 후보에 오른 바 있다.

르네 하이예크 Renee Hayek

레바논에서 태어나 레바논 대학에서 철학을 공부하였다. 두 권의 단편소설과 8권의 장편소설을 출간하였다. 2009년에는 장편소설 『가족에 대한 기도』가 아랍 소설상 후보에 선정되었다. 2011년에는 최근 장편소설 『짧은 생』이 역시 아랍 소설상 후보에 올랐다.

에브티샴 알 무알라 Ebtisam Al-Mualla

1969년 아랍에미리트 샤르자(Sharjah)국(아랍에미리트의 7개 토후국(土侯國) 중 하나이며 아랍의 문화 유산 수도라 불린다.)에서 태어났다. 2008년에 첫 단편집을 출간하였다.

로와다 알 베루쉬 Rawdha Al-Belushi

1975년 아랍에미리트 아부다비 알 아인에서 태어났다. 1983년 이후 잡지와 신문에 작품을 발표하였다.

라일라 알-오트만 Layla Al-Othman

1943년 쿠웨이트에서 태어났다. 1965년 창작 활동을 시작하였다. 1976년에 첫 단편집 『항아리 속의 여자』를 출간하였다. 그 후 13권의 단편집과 8권의 장편소설을 냈다. 그녀의 많은 소설들이 영어를 비롯한 여러 외국어로 번역되었다.

바스마 엘-느소우르 Basma El-Nsour

요르단 단편소설 작가이다. 요르단에서 여성문학을 전문으로 하는 문학잡지 타이키의 주간으로 일하고 있다. 1991년 첫 단편집을 낸 후 5권의 단편집을 출간하였다.

라티파 바카 Latifa Baqa

1964년 모로코 살레에서 태어났다. 두 권의 단편집을 발간한 바 있다. 1992년에 발간한 첫 단편집 『우리는 무엇을 해』로 모로코 작가회의에서 수여한 젊은 작가상을 수상한 바 있다. 2005년에는 모로코 문화부에서 그녀의 두 번째 단편집 『그 삶 이후』를 발행하였다. 그녀의 많은 단편소설들이 영어 독어 이태리어 등 여러 언어로 번역되었다.

역자 소개

조애리

서울대학교 영문과 및 동대학원 졸업. 샬롯 브론테 연구로 박사 학위를 받음.

현재 카이스트 인문사회과학부 교수.

저서로는 『페미니즘과 소설읽기』, 『성 역사 소설』, 『역사 속의 영미소설』, 『19세기 영미소설과 젠더』가 있고 역서로는 『민들레 와인』, 『왕자와 거지』, 『설득』, 『빌레뜨』, 『미국 인종차별사』(공역), 『나의 도제시절』(공역), 『문화코드 어떻게 읽을 것인가?』(공역), 『베트남 단편소설선』(공역) 등이 있다. 주요 관심사는 문화 이론 및 19세기 영미소설이다.

박종성

충남대학교 영문과와 서강대학교 대학원 영문과를 졸업하고 런던대학교(퀸메리 칼리지)에서 콘라드, 라우리, 나이폴의 소설 속 아웃사이더의 역할 연구로 박사학위를 받음.

현재 충남대학교 영문과 교수.

주요 논문으로는 「지배담론과 저항담론 사이의 틈새 읽기 – 나이폴의 정치소설 연구」, 「『남아있는 나날』에서 '대영제국의 죽음' 형상화」 등이 있고, 저서 및 공역서로는 『탈식민주의에 대한 성찰』, 『탈식민주의 길잡이』(공역), 『베트남 단편소설선』(공역) 등이 있으며, 주요 관심사는 탈식민주의 문학과 이론이다.

강문순

서강대학교 영문과를 졸업하고 미국 케이스 웨스턴 리저브 대학에서 18세기 영문학 연구로 박사 학위를 받음.

현재 한남대학교 영어교육과 교수.

주요 논문으로 「Madness, Satire, and Jonathan Swift's *Gulliver's Travels*」, 「Satire as 'that Art of Necessary Defence: A Study of Samuel Johnson's Ideas of Madness」가 있고, 저서 및 역서로 『문화코드 어떻게 읽을 것인가』(공역), 『경계선 넘기: 새로운 문학연구의 모색』(공역), 『베트남 단편소설선』(공역) 등이 있으며, 주요 관심사는 풍자 문학이다.

김진옥

이화여자대학교 영문과를 졸업하고 미국 뉴욕대학교 영문과에서 석사 및 샬럿 브론테 연구로 박사학위를 받음.

현재 한밭대학교 영어과 교수.

주요 논문으로는 「『워더링 하이츠』의 분신 – 언캐니와 오브제 아」, 「버지니아 울프의 『등대로』에 나타난 모성과 예술성」이 있고, 저서로 *Charlotte Brontë and Female Desire*, 『제인 에어: 여성의 열정, 목소리를 갖다』가 있으며, 역서로는 『탈식민주의 길잡이』(공역), 『문화코드 어떻게 읽을 것인가?』(공역), 『베트남 단편소설선』(공역) 등이 있다. 주요 관심사는 19세기 영국소설 및 정신분석학 이론이다.

유정화

이화여자대학교 영문과와 동대학원을 졸업하고 로버트 로웰 연구로 박사학위를 받음.

현재 목원대학교 강의교수.

주요 논문으로 「미국적 이상주의: 그 계승과 배반의 역사」, 「『인생연구』: 죽음의 변주곡」이 있고, 저서 및 역서로 『위대한 개츠비』(역서), 『문화코드 어떻게 읽을 것인가?』(공역), 『경계선 넘기: 새로운 문학연구의 모색』(공역), 『베트남 단편소설선』(공역) 등이 있으며, 주요 관심사는 현대 영미시이다.

윤교찬

서강대학교 영문과 졸업 후 노스캐롤라이나 대학에서 석사학위를, 서강대학교에서 존 바스의 포스트모더니즘 소설 연구로 박사 학위를 받음.

현재 한남대학교 영어교육과 교수.

주요 논문으로 「역사와 반복: 존 바스의 『연초장수』」, 「'되기'의 실패와 잠재성의 정치학: 멜빌의 『필경사 바틀비』」, 「『이상한 나라의 엘리스』와 여성의 몸」 등이 있다. 역서로는 『허클베리 핀의 모험』, 『문학비평의 전제』, 『탈식민주의 길잡이』(공역), 『미국 인종차별사』(공역), 『나의 도제시절』(공역), 『문화코드 어떻게 읽을 것인가?』(공역), 『베트남 단편소설선』(공역) 등이 있다. 주요 관심사는 20세기 미국소설, 탈식민주의 문학이론, 문화연구이다.

이봉지

서울대학교 사범대 불어교육과 졸업, 동대학원에서 석사. 미국 노스웨스턴 대학교 불문과에서 18세기 프랑스문학 연구로 박사학위를 받음.

현재 배재대학교 프랑스어문화학과 교수.

주요 논문으로 「왜 여성문학사가 필요한가?」, 「루소의 반페미니즘과 「신엘로이즈」: 데피네 부인의 몽브리양 부인 이야기」가 있고, 저서 및 역서로『새로 태어난 여성』,『페루여인의 편지』,『베트남 단편소설선』(공역) 등이 있으며, 주요 관심사는 18세기 프랑스 문학과 페미니즘이다.

최인환

서울대학교 영문과 졸업, 동대학원에서 석사를, 미국 오리건대 영문과에서 18세기 영국 탈식민주의 텍스트 연구로 박사학위를 받음.

현재 대전대학교 영문과 교수.

주요 논문으로 「Empire and Writing: A Study of Naipaul's *The Enigma of Arrival*」, 「래드클리프의『숲속의 로맨스』에서의 자연경관묘사의 의미와 역할」 등이 있다. 역서로는『와인즈버그, 오하이오』,『탈식민주의 길잡이』(공역),『문화코드 어떻게 읽을 것인가?』(공역),『베트남 단편소설선』(공역) 등이 있다. 주요 관심사는 18세기 영국소설과 탈식민주의 문학이론이다.

한애경

이화여자대학교 영문과 및 서울대학교 영문과 대학원 졸업, 동대학원에서 조지 엘리어트 연구로 박사 학위를 받음.

현재 한국기술교육대학교 교수.

주요 논문으로 조지 엘리엇과 제인 오스틴, 메리 셸리 등에 대한 다수의 논문이 있다. 저서로는『조지 엘리어트와 여성문제』,『19세기 영국 여성작가 읽기』와『19세기 영국소설과 영화』,『플로스 강의 물방앗간 다시 읽기』가 있다. 역서로는『플로스 강의 물방앗간』,『사일러스 마너』,『미들마치』,『육체와 예술』,『여성의 몸, 어떻게 읽을 것인가?』(공역),『탈식민주의 길잡이』(공역),『경계선 넘기: 새로운 문학연구의 모색』(공역),『문화 코드 어떻게 읽을 것인가?』(공역),『위대한 개츠비』,『베트남 단편소설선』(공역) 등이 있다. 주요 관심사는 페미니즘과 19세기 영미소설, 영화 비평이다.